LE VICE-ROI DE OUIDAH

DU MÊME AUTEUR

Chez le même éditeur :

EN PATAGONIE, 1979.
LES JUMEAUX DE BLACK HILL, 1984.

BRUCE CHATWIN

LE VICE-ROI DE OUIDAH

Traduit de l'anglais par
Jacques Chabert

BERNARD GRASSET
PARIS

L'édition originale de cet ouvrage a été publiée en 1980, à Londres, par Jonathan Cape Ltd, sous le titre :

The Viceroy of Ouidah

Prends bien garde
Au golfe du Bénin.
Pour un qui part
Quarante qui arrivent.

Proverbe de négrier.

PRÉFACE

Au XIXe siècle le royaume du Dahomey était une Sparte noire coincée entre les tribus Yoroubas de l'actuel Nigéria et les tribus Ewés du Togo. Ses rois arboraient sur les tempes des cicatrices de griffes et se disaient issus de l'union entre une princesse d'Adja-Tado et le léopard qui la séduisit sur les rives du fleuve Mono. Leur peuple les appelait « *Dada* », ce qui veut dire « père » dans la langue fon. Leurs guerriers les plus cruels étaient des femmes, et leur seule source de revenus provenait de la vente de leurs voisins les plus faibles.

La capitale, située dans l'arrière-pays, portait le nom d'Abomey. Le port négrier celui de Ouidah (Whydah pour les Britanniques, ou Ajuda, ce qui veut dire « aide », pour les Portugais). Ouidah n'est plus aujourd'hui qu'une ville oubliée, remarquable seulement par les ruines de trois forts européens et le temple dédié à

Dagbé, le Python céleste qui ouvrit les yeux de l'Homme.

Lorsqu'en 1971 j'arrivai pour la première fois au Dahomey, qui s'appelait encore Dahomey, sa capitale, Cotonou, était une ville pleine de gros rires et de brasseries françaises. Six ans plus tard, un nouveau président avait rebaptisé le pays République populaire du Bénin, et les prêtres fétichistes de Ouidah avaient ajouté des portraits de Lénine à tout l'attirail écarlate de leur panthéon.

J'étais revenu avec l'intention de rassembler de la documentation sur la vie du négrier brésilien de race blanche, Francisco Félix de Souza. Arrivé sur la Côte des Esclaves dans les premières années du XIXe siècle, il s'était installé dans le fort portugais de Ouidah, qui représentait à cette époque la principale source d'approvisionnement en main-d'œuvre des mines et plantations du Brésil. Pour une raison ou pour une autre, il se prit de querelle avec le roi dahoméen Adandozan qui le retint prisonnier à Abomey et le fit tremper dans une cuve d'indigo pour teindre sa peau en noir (le blanc, au Dahomey, est la couleur de la mort et des immortels : tuer un homme blanc était tabou – et quelque peu risqué).

De Souza s'échappa de prison grâce au jeune

prince qui devint plus tard le roi Gezo. Quelque temps après son évasion, les deux hommes se rencontrèrent dans la forêt où ils conclurent un pacte de sang, se jurant par là une assistance réciproque. De Souza fournit les armes à feu nécessaires à un coup d'État et, en échange, reçut le monopole de la vente des esclaves. Dans les années 1830 il devint l'homme le plus riche d'Afrique occidentale et le cauchemar des abolitionnistes britanniques. Il mourut ruiné.

Mon enquête se déroula sans encombre jusqu'à un certain dimanche matin où mon taxi se retrouva face à une troupe de mercenaires qui venaient de débarquer à l'aéroport de Cotonou et se frayaient un chemin vers le palais présidentiel les armes à la main. Le chauffeur s'écria : « C'est la guerre! » et fit demi-tour pour tomber aussitôt sur une unité de l'armée béninoise. Pris pour un mercenaire, je fus arrêté : les vrais mercenaires avaient battu en retraite vers l'aéroport et s'étaient enfuis à bord de leur avion.

Je préfère oublier les deux jours qui suivirent. Néanmoins une semaine plus tard, sans un sou et avec une douleur lancinante au gros orteil – qu'une femme caporal m'avait volontairement écrasé –, je me retrouvai à Rio de Janeiro pour poursuivre mon investigation sur le versant brésilien de mon histoire.

Je ne suis pas retourné au Bénin.

J'en étais parti avec l'ossature de l'histoire et de nombreuses impressions très vives. Dans mon enfance j'avais lu les aventures des amazones du roi Gezo : je savais maintenant à quoi elles ressemblaient. Je connaissais les récits de sacrifices humains écrits par les voyageurs de l'ère victorienne, Duncan, Forbes, Burton et Skertchley. J'avais rencontré Pierre Verger, le maître des études afro-brésiliennes, et lu son ouvrage essentiel, *Flux et reflux de la traite des Nègres entre le golfe de Bénin et Bahia de Todos os Santos*. Au cours de divers voyages le long de la Côte des Esclaves, j'avais rencontré des descendants de De Souza et en avais rapporté un portrait de la dernière survivante de ses filles, une femme blanche, « aussi blanche que vous, monsieur! ». Enfin, à Abomey, un ami et moi rendîmes visite au petit-fils de Gezo, Sagbadjou, monarque âgé et imposant qui, assis sur un trône en plastique vert, nous raconta ce qu'il savait du Brésilien :

« C'était un homme très fort, nous dit-il, plus fort que vous deux réunis. Mon grand-père le souleva au-dessus du mur de la prison. Mon grand-père, voyez-vous, était encore plus fort que De Souza. »

Telle est l'histoire de ce livre. Mais mes

informations étaient si lacunaires que je décidai de changer les noms des principaux personnages – et me mis à écrire une œuvre d'imagination.

Mars 1980.
B.C.

1

La famille de Francisco Manoel da Silva était réunie à Ouidah, dans l'habituelle atmosphère suffocante des après-midi de mars, pour honorer sa mémoire d'une messe de requiem et d'un dîner. Voilà cent dix-sept ans qu'il était mort.

La messe était célébrée dans la cathédrale de l'Immaculée-Conception. Ce monument de stuc, expression du catholicisme français le plus sévère, défiait, par-delà une étendue de terre rouge, les murs, les cases d'adobe et les arbres, domaine du python-fétiche.

Des vautours planaient dans un ciel laiteux. Le vacarme métallique des grillons rendait la chaleur plus insupportable encore. Les feuilles des bananiers pendaient en rubans flasques. Pas un souffle de vent n'agitait l'air.

Le père Olimpío da Silva était descendu en ville du séminaire de Saint-Gall. Silhouette à cheveux blancs vêtue d'une soutane cramoisie, il se tenait sur l'escalier sud et, à travers des lunettes cerclées d'acier, toisait les membres de sa famille en faisant pivoter sa tête cuivrée avec l'autorité d'une tourelle de char.

Non seulement prêtre, mais ethnographe de son état, il avait assisté à la Sorbonne aux conférences de Bergson et de Marcel Mauss, avait publié un ouvrage compliqué, *les Sacrifices humains chez les Fons*, et ne pouvait commencer une phrase sans employer un adverbe : « statistiquement... morphologiquement... »

Un orgue faisait entendre ses accents râpeux; l'organiste ne connaissait qu'un nombre limité d'accords.

Les Da Silva étaient venus du Nigéria, du Togo, du Ghana et même de la Côte-d'Ivoire; les pauvres en car et en taxi; les riches en voitures privées. Et la plus riche de toutes, Mme Hélène da Silva, plus connue par son surnom, Mama Benz, se pavanait sur le siège arrière de sa Mercedes crème et, en attendant la fin de l'office, agitait un éventail composé de billets de dix mille francs.

Tous les membres de la famille connaissaient leur ancêtre sous son nom brésilien, Dom Francisco.

Il était arrivé de San Salvador de Bahia en 1812 et, pendant plus de trente ans, fut le

« meilleur ami » du roi du Dahomey, l'approvisionnant régulièrement en rhum, en tabac, en parures, en fusils Long Dane (qui, en dépit de leur appellation, n'étaient pas fabriqués au Danemark mais à Birmingham).

En échange il put profiter du titre de vice-roi de Ouidah, du monopole de vente des esclaves, d'une cave de château-margaux et d'un inépuisable sérail de femmes. A sa mort en 1857, il laissa soixante-trois fils mulâtres et une quantité inconnue de filles; sa progéniture, de plus en plus noire au fil des générations, se répandait maintenant, innombrable comme les sauterelles, de Luanda au Quartier latin. Cependant, parmi ceux qui étaient rassemblés dans le square, cinq seulement connaissaient l'Europe et aucun l'Amérique.

Des dames enturbannées se dirigeaient cahin-caha vers la cathédrale, soulevant la poussière de leurs pieds trop larges et trop calleux pour porter des chaussures. Drapées dans des cotonnades imprimées de lettres, de feuilles, de lions et de portraits de dictateurs militaires, elles se traînèrent jusqu'aux bancs de teck de l'église.

Des petites filles en robes à fanfreluches circulaient ici et là d'un pas léger : leurs cheveux étaient balkanisés en plusieurs zones, chacune d'entre elles tressée en une natte garnie de rubans dorés.

Leurs frères portaient des pantalons étroits et sautaient d'un pied sur l'autre en tenant à la main leur casquette à étoile rouge de Jeunes Militants.

Les hommes les plus jeunes avaient revêtu le costume national, les anciens des complets de coutil blanc ou de kaki défraîchi.

La vie des Da Silva les plus âgés était vide et triste. Ils regrettaient la traite des Noirs, âge d'or où leur famille était riche, célèbre et blanche. Les rhumatismes et les fléaux de la polygamie les accablaient. Leur peau se craquelait au souffle brûlant de l'harmattan : puis les pluies venaient, tambourinaient sur leurs caladiums, éclaboussaient leurs maisons et y dessinaient des plinthes de boue rouge.

Mais ils se cramponnaient, ils restaient fidèles à leur képi ou à leur casque colonial comme aux formes de leur grandeur disparue. Ils se disaient toujours « brésiliens », mais ne parlaient plus portugais. Ils appelaient « Noirs » des gens à peine plus noirs qu'eux-mêmes. Pour eux le Dahomey restait « le Dahomey » longtemps après que le chef d'État l'eut rebaptisé Bénin. Tous avaient accroché un portrait de Dom Francisco parmi leurs lithographies de saints et de la Vierge : à travers lui ils se sentaient rattachés à l'éternité.

Debout devant l'autel, le père Olimpío psalmodia d'une voix de baryton son message annuel de consolation : leur Père-à-tous n'était pas mort, mais, parvenu à la vie éternelle, il veillait sur ses enfants depuis sa demeure céleste. Il leur prodiguait les conseils que lui inspirait son infinie sagesse, « surtout, ajouta-t-il à mi-voix, en ces temps difficiles ».

Au credo, les dames soupirèrent, et se mirent debout. Lettres, lions, feuilles et dictateurs militaires reprirent forme dans un frou-frou général.

Mme Rosemary da Silva, la femme d'un comptable de Lagos, fermait ses oreilles à tous ces blasphèmes : elle était méthodiste. Elle resta assise lorsqu'ils s'agenouillèrent pour le *Sanctus.* De même pendant tout l'*Agnus Dei.* A ses côtés, Ernest, son mari, tout en sueur dans son blazer anglais, souhaitait qu'elle ne fût pas venue. Il ressentait un élan d'amour et de pitié pour les siens. Elle, de son côté, faisait tout ce qui était en son pouvoir pour le mettre dans l'embarras.

Avec ostentation elle rajusta son canotier. Elle défroissa les plis de sa robe de piqué blanc et fit claquer ses trois rangées de perles de verre contre sa poitrine. Lorsque les Da Silva se levèrent pour recevoir l'hostie, la tête respectueusement baissée, elle regarda avec désinvolture le plafond, supputant le temps qu'il mettrait à s'effondrer.

Le bâtiment empestait la décadence. Des joints de rouille faisaient éclater les piliers métalliques du bas-côté. Les grosses planches bleues du toit pourrissaient. La colombe de la paix en ivoire, sertie dans la table d'autel, avait été volée. Dans sa niche, la Vierge saluait toujours, mais ses mains étaient prises dans un entrelacs de toiles d'araignée.

Ici et là quelques changements attiraient les regards : une étoile rouge au-dessus de la crèche, les visages de la Sainte Famille repeints de la couleur du roi Balthazar et le confessionnal encombré de tambours écarlates.

Après la bénédiction, la famille chanta le cantique *Mido gbe we,* le *Salve Regina* en langue fon. Le père Olimpío referma son missel d'un coup sec et les enfants filèrent à toutes jambes vers le soleil.

***

Sur les marches de la cathédrale, les Da Silva posaient pour leur photographie annuelle.

Agostinho-Ezekiel da Silva conduisait le rite.

Cet homme distingué de quatre-vingt-neuf ans, au profil d'oiseau, était un des quatre petits-enfants survivants du fondateur et le chef de la famille.

Sa peau s'étirait sur un crâne chauve et brillant et sa bouche édentée dessinait un O parfait. Silencieusement, avec sa canne à pommeau d'argent, il donnait des instructions : les personnes âgées sur les chaises, les jeunes debout sur les marches et leurs parents entre les deux.

Modeste et Pierre, deux garçons à l'allure chétive, l'aidaient à disposer le groupe. Les dames leur donnaient bien du fil à retordre.

– Mettez-vous là, madame!

– Bougez, madame!

– Ne bougez pas, madame!

Mais les dames n'en continuaient pas moins à s'agiter sans arrêt, à se disputer, à jouer des coudes pour écarter leurs sœurs.

Les hommes ne se conduisaient guère mieux.

L'oncle Procopio, flûtiste en retraite du conservatoire de Dakar, récitait son *Ode à la mort de la République dahoméenne.* Gustave, l'intellectuel, lui demandait de se taire. Africo da Silva décrivait sa station-service. Karl-Heinrich disait que les chemins de fer d'État togolais respectaient leurs horaires. Quant au vieux Zéférino, médium kardéciste, il parlait de la conversation qu'il avait eue, par l'intermédiaire d'une table tournante, avec son frère, le colonel Tigré da Silva, en exil aux Champs-Élysées : comme d'habitude le colonel sirotait du champagne et reluquait les femmes.

Le photographe commençait à désespérer.

Jeune, la tête rasée en forme de calebasse et la peau si noire qu'elle jetait des reflets bleus, il répondait au nom de Cyriaque Cabochichi et exerçait sa profession avec le plus grand sérieux. Sur le dos de sa combinaison orange, dépourvue de manches, on pouvait voir un agneau violet et l'inscription « Studio Foto Agneau Pascal ».

Debout derrière son trépied, à moitié caché sous sa toile noire, il faisait des signes des deux bras à Modeste et à Pierre pour leur demander de rapprocher les dames d'un côté et de l'autre et de les faire entrer dans le champ de son appareil à plaques.

Les deux garçons devenaient de plus en plus nerveux. Ils poussaient les dames au derrière, leur donnaient des tapes, les pinçaient. Mais les dames ne leur prêtaient aucune attention, attirées qu'elles étaient par un touriste européen qui photographiait le féticheur. Le vieil homme, debout sur une jambe, une étoffe bleue autour de la taille, affichait le mépris le plus absolu face au python dont la tête frôlait son sein gauche et dont la queue s'enroulait autour de son hernie ombilicale.

Le soleil descendait dans un frémissement, jetant des ombres rougeoyantes et ourlant d'une frange d'or le bord découpé des feuilles de papayer.

– La lumière s'en va, gémit Cyriaque Cabochichi qui ramena ainsi les dames à la raison.

Rien ne saurait les priver de leur photographie. Dans une unité inimaginable une minute plus tôt, elles se tournèrent sur le côté comme pour une procession de conga et la longueur de la rangée se réduisit.

Papa Agostinho posa un portrait de Dom Francisco sur ses genoux. Son épouse principale, Yaya Felicidade, tenta de contrôler un sein rebelle. Gustave pencha légèrement son chapeau melon, Procopio se frisa les moustaches. Modeste brandit la bannière de satin vert de la Société brésilienne du Carnaval, et les dames déployèrent un large sourire : des éclairs blanc et or jaillirent entre leurs lèvres.

Dans le ciel les premières roussettes s'envolaient vers le sud-est. Une vague odeur de goyaves et d'urine séchée flottait dans l'air. Cyriaque Cabochichi ôta le capuchon de son objectif et le remit en place.

*
* *

Quittant la place de l'Immaculée-Conception la famille se mit en route vers le fort portugais.

Deux garçons jouaient du tam-tam. D'autres jeunes agitaient des maracas, frappaient sur des gongs, jouaient au cerceau avec des pneus de bicyclette ou faisaient la roue dans la poussière. Pierre portait une couronne de roses en vinyle destinée à la chapelle de la Vierge.

A l'extrémité de la rue Monsignor-Steinmetz la procession fit un détour pour éviter une carcasse de baobab. Le ministre de l'Intérieur avait décrété que l'arbre était un « restaurant de sorciers » et ordonné qu'on le coupât au vu du rapport d'un subalterne de la gendarmerie qui avait surpris un vieil homme en train de clouer un charme sur le tronc : le charme contenait une griffe de chauve-souris, quelques araignées écrasées et une coupure du journal du président.

Les Da Silva arrivèrent sur la place du marché Zobé. Ils croisèrent des mamas, imposantes comme des montagnes, qui s'en retournaient chez elles toutes voiles dehors. Des commerçants mandingos aux longs doigts repliaient des coupons d'indigo dans des cantines métalliques. Le guérisseur enveloppait une crotte d'arc-en-ciel dans un chiffon et le vendeur de billets de la loterie nationale lançait ses derniers appels aux *fidèles amis de la chance*[1].

C'était l'heure où les prêtres fétichistes sacrifiaient un poulet à Aizan, le dieu du marché, omphalos de pierre taillée, se dressant seul au milieu d'un espace dégagé.

C'était également l'heure où les intellectuels de Ouidah se rassemblaient dans la Librairie moderne pour s'entretenir des derniers livres parus, même si le stock du lieu ne comportait plus que quelques vieux numéros de *la Femme soviétique*[1], les *Pensées* de Kim Il-Song, un *roman socialiste intitulé le Baobab*[1], *Bajazet*[1] de Racine, les œuvres complètes d'Engels et quelques pots de brillantine aux couleurs perroquet.

Et c'était aussi l'heure du dîner. Une centaine de lampes fumeuses éclairaient les échoppes où des matrones enjouées tiraient de leurs calebasses des louches de bière de millet, faisaient frire des beignets dans de l'huile de palme, emballaient des blancs-mangers de maïs dans des feuilles de bananier, ou grillaient des morceaux d'agouti, sorte de gros rat aux dents jaunes.

1. En français dans le texte.

Pour recevoir l'argent de leurs clients elles tendaient des mains roses, humides et affectueuses comme des langues de chien. Les bébés étaient bien enroulés dans leurs langes de coton : aucun d'eux ne pleurait.

Une des femmes arracha une plume à l'aile d'une poule vivante et se la tortilla dans l'oreille.

– C'est pour enlever la graisse humaine, dit un petit garçon au touriste européen; et le touriste, friand de ce type d'information, tapota la tête de l'enfant et lui donna un franc.

– J'aime bien les Blancs, susurra le garçon, parce que les Blancs me dépannent.

Mama Benz fit le trajet dans sa Mercedes : elle était trop grosse pour marcher. Lorsque le chauffeur arriva au niveau des mamas, elle s'arrêta pour manger un morceau d'agouti en sauce, tendant à la femme, qui la lui rendit, une écuelle d'émail blanc.

– Mama Benz est carnivore, hein? dit le garçon.

D'autres enfants, les dents étincelantes dans la demi-obscurité, répétaient en chœur un refrain assourdissant : « *Ago! Yovo! Ago! Yovo!* » – ce qui veut dire : « Va-t'en, sale Blanc! »

Pendant ce temps les Da Silva tournèrent à droite dans la rue Lénine, passèrent devant l'hôtel Windsor, devant l'hôtel Anti-Windsor et parvinrent à la hauteur du bar Ennemi du Soir, où l'oncle Procopio se glissa pour prendre un verre.

Au mur on avait cloué une natte de rotin représentant trois girafes dans un paysage chinois, près de laquelle quelqu'un avait gribouillé à la craie bleue :

Le chien aboie
La caravane passe.

Deux taxis nigérians étaient stationnés à l'extérieur, dénommés Confidence Car et Baby Confidence. Plus tôt dans l'après-midi on pouvait entendre des gémissements d'amour derrière les volets délabrés des chambres. Mais à présent les chauffeurs buvaient de la bière avec les serveuses et, à la radio, le chef de l'État débitait de son ton sec le premier de ses monologues du soir.

La plus petite des serveuses resta bouche bée et se gratta l'aisselle d'étonnement lorsque l'oncle Procopio s'inclina, claqua des talons et lui dit : « Mamzelle, il me faut une chartreuse verte. » Elle contempla son incroyable moustache, remplit le verre comme par instinct et conserva son air de total ahurissement jusqu'à ce qu'il eût vidé son verre et disparu.

Tous les jeunes marxistes sortirent et lorgnèrent la Mercedes qui passait.

Enfin les Da Silva atteignirent le fort et y déposèrent leur couronne.

Ils observèrent le Monument de l'Indépendance – la Citroën calcinée du dernier résident portugais juchée sur un socle de béton.

Ils portèrent leur regard par-dessus le bastion sud vers le lagon gris et les palétuviers et, au-delà, vers la ligne des brisants.

Semblable à une calligraphie arabe, un piroguier s'en retournait chez lui à la gaffe.

Des lumières douces se déplaçaient le long du sentier menant à la plage. C'est par là que Dom Francisco était arrivé, et c'est de là que le mot « vaudou » était parti vers les Amériques.

Puis ils s'en retournèrent à Simbodji.

***

La demeure ancestrale des Da Silva était une enceinte fortifiée, faite de torchis, à l'ouest du dépôt des taxis. Là, pendant la semaine qui précéda la messe, les descendants de Dom Francisco avaient préparé les plats qu'il aimait, et le bruit des râpes, des pilons, du broyage et de la friture avait alors couvert le babillage infernal des tisserins.

Des jeunes filles revenaient du marché avec

des cruches de sang de porc. Des garçons passaient à bicyclette, des chapelets de tripes pendus aux épaules. Des pêcheurs apportaient des paniers d'huîtres et de crabes à pinces bleues. Des vieillards ramenaient des feuillages de la forêt. De vieilles femmes faisaient cristalliser des œufs dans du miel

Le petit Grégoire da Silva, âgé de six ans, pointa son doigt en direction d'une colonne de fourmis qui entrait dans un réfrigérateur débranché en disant : « Le frigo existe. »

Modeste et Pierre passèrent la semaine à barbouiller de la chaux de couleur abricot sur les murs des quartiers privés de Dom Francisco – deux longs bâtiments bas se joignant à angle droit autour de la cour principale.

Les deux garçons étaient nus jusqu'à la ceinture mais portaient des chapeaux en papier journal pour éviter de recevoir de la peinture dans les cheveux.

Ils retirèrent les croix des linteaux et, avec un soin infini, mélangèrent la peinture des portes et des volets afin d'obtenir une couleur qui ne fût ni du noir, ni du violet, ni du marron, mais une couleur bien à eux.

Puis ils se mirent en devoir de remettre en état le vieux salon de jeu.

Ils débarrassèrent une coupe de porcelaine

japonaise de ses mouches mortes. Ils réparèrent un crachoir cassé et clouèrent du contre-plaqué sur le siège d'osier d'un canapé crevé. Ils contemplèrent les débris d'une table de billard, sans pouvoir imaginer comment on y jouait, et époussetèrent avec une plume d'autruche les cadres des tableaux – car la pièce servait également de galerie de portraits.

Sur les murs couverts d'un badigeon bleu étaient accrochées les têtes des Da Silva, du fondateur au chef actuel.

Sur un tableau sirupeux peint à pleine pâte un Dom Francisco au front noueux et au crâne écarlate jetait un regard torve. La toile avait été réalisée vingt ans après sa mort par un artiste sicilien itinérant qui échoua à Ouidah dans les années 1870 après avoir très certainement gagné sa vie en peignant des icônes de Garibaldi.

Beaucoup plus ressemblant était le portrait de son fils, Isidoro da Silva, son successeur comme chef de famille, qui fut peint à Bahia en 1837 à l'occasion de son vingt et unième anniversaire. Le jeune dandy métis y était représenté debout dans une bibliothèque pleine de livres, vêtu d'une redingote bleue, d'une cravate de velours et d'un gilet de satin blanc à fleurs qui étincelait sur son ventre. Une main agrippait son revers et l'autre jouait avec le diamant de sa canne.

Les portraits de ses frères, Lino et Antonio, étaient aussi l'œuvre du rapin sicilien. Une photographie sépia montrait Cândido, le cinquième de la lignée, dans son uniforme de colonel honoraire de l'Infanterie portugaise. Et enfin sur une page encadrée du catalogue de l'Exposition universelle de 1900 on voyait Estevão da Silva et son fils Agostinho-Ezekiel présentés comme « fils et petit-fils du négrier ».

Dom Francisco lui-même reposait endormi sous son lit, dans une chambre qui donnait sur un jardin au sol rouge où, parmi les fleurs en plastique, les lézards prenaient le soleil sur des tombes de marbre blanc. La pièce était le domaine réservé de Yaya Adelina, blanchisseuse, qui ne laissait personne y pénétrer sans sa permission.

C'était un lit de Goa, à quatre colonnes, avec des montants d'ébène et un chevet serti de médaillons d'ivoire. Mais on remarquait surtout une statue en plâtre peint de saint François d'Assise, dont la soutane brune était ceinte d'une véritable corde à nœuds. Le saint regardait fixement les draps moisis de son homonyme et levait les mains dans un geste de prière.

Sur une plaque de marbre blanc, scellée dans le sol, on pouvait lire :

FRANCISCO MANOEL DA SILVA
Nascido em 1785 Brazil
Fãlecido a 8 de março 1857
em Ajuda (Ouidah).

Une gerbe d'arums portait en bandeau la légende : *Pour Notre Illustre Aïeul* et sur une étagère on avait posé un crucifix doré, une gravure jaunissante de l'*Ecce Homo* et un éléphant d'argent, emblème de la famille.

Yaya Adelina poussait à un tel degré sa vénération de l'ancêtre qu'elle conservait une bouteille de Gordon's Gin ouverte sur la table de chevet si par hasard il se réveillait.

Chaque matin, au cas où il désirerait se laver, elle remplissait le broc d'argent moulé avec les thalers de Maria Theresa qui avaient fondu, vers 1840, dans l'incendie d'un entrepôt, provoqué par un obus britannique.

De temps à autre elle changeait la toile blanche recouvrant un objet métallique rouillé, maculé de plumes et de sang et fiché dans le sol, qui ressemblait à un parapluie.

C'était un *Asin*, l'autel des morts chez les Dahoméens.

***

Deux jours avant la célébration de la messe on traversa un moment d'angoisse lorsque le lieutenant-colonel Zossoungbo Patrice, de la Sûreté nationale, fit irruption au milieu de la sieste de Papa Agostinho et interdit la cérémonie.

Le colonel avait vingt-quatre ans, de longs cils recourbés, et portait un treillis vert de parachutiste aux plis en lame de couteau. Deux grenades, en forme de flacons de parfum, ballottaient à sa ceinture.

Papa Agostinho enroula une serviette autour de sa bedaine et se balança dans son rocking-chair, tandis que le jeune révolutionnaire marchait de long en large, brandissant une mitraillette nord-coréenne pour souligner les points importants de sa diatribe :

Les fêtes de famille, criait-il, sont des survivances barbares et fétichistes de la période coloniale...

Mais l'après-midi était chaud et le colonel fatigué.

Sa voix atteignit une tonalité enfantine de soprano. Il avait peur de ne pas faire l'impression adéquate et lorsque Papa Agostinho lui proposa une très modeste somme d'argent, il se sentit si soulagé et si reconnaissant qu'il autorisa les Da Silva à poursuivre leurs préparatifs – à une seule condition (il se devait d'imposer une condition) : il leur faudrait écouter le discours radiophonique du Président à huit heures.

Puis, avec un sourire d'innocence radieuse, il ôta sa casquette comme s'il s'agissait d'une casquette d'écolier et sortit à reculons.

Au passage, de sa botte, il écrasa un bégonia.

La visite du colonel expliquait la présence du poste de radio marron qui faisait retentir de la musique martiale au moment où les invités arrivaient pour le dîner.

La table était recouverte d'une toile cirée à carreaux rouges et blancs. Des lampes à kérosène projetaient des rayons de lumière jaune à travers les racines aériennes du banian. Deux manguiers, étincelants de lucioles, dessinaient dans le ciel des arcs de velours plus noir.

***

Jamais, même du temps de Dom Francisco, Ouidah n'avait assisté à un festin aussi onctueux.

Des têtes de porc macéraient avec des gombos et du gingembre. On trouvait des haricots noirs glacés à la farine de cassave, des poissons argentés luisant dans une sauce au poivre de Guinée. Puis un ragoût de pintade et de fleur de seri – réputées pour leurs propriétés aphrodisiaques. Et également des monceaux de crêtes de coq frites, de salades de carottes et de papayes, et du pâté de crevettes, des noix de cajou et de la pulpe de noix de coco.

Les noms des plats brésiliens étaient sur toutes les lèvres : *xinxin de galinha, vatapà, sarapatel, muqueca, molocoto.* Il y avait des gâteaux phalliques de tamarins et de tapioca, des ambroisies, des bolos, des babas et des piles de pâtisseries dorées.

Yaya Adelina, tête rasée et anneaux de Saturne tournoyant sur son boubou, marchait pesamment autour de la table, prélevant un échantillon de chaque plat qu'elle déposait dans une calebasse ornée de gravures d'animaux totémiques.

L'oncle Procopio se dirigea vers les petits pains au chocolat en murmurant « Byzance! ». A peine en avait-il fait disparaître un sous ses moustaches qu'Adelina lui donna une grande claque dans le dos :

– Vous n'avez pas honte, monsieur! Manger avant le Père!

Elle plaça la calebasse sur une table à l'extérieur de la chambre de Dom Francisco et la couvrit d'une étoffe en broderie anglaise.

Chacun attendait qu'il se produise quelque chose.

***

Un coup de gong retentit. Suivi d'un roulement de tambour. Grégoire da Silva déboucha de l'ombre en criant : « Dom Francisco! Dom Francisco! » et un cortège d'hommes vêtus d'un pagne blanc s'avança dans la cour en file indienne.

Les uns tenaient à la main des images enveloppées d'un tissu rouge. D'autres portaient des poulets et une chèvre ventrue. Tous psalmodiaient le chant du Fondateur : « L'éléphant étend son filet sur terre et sur mer... » Sur leur corps barbouillé de poudre blanche, les cicatrices saillaient comme des coulées de suif.

Trois jeunes joueurs de tambour rappelaient l'Ancêtre sur terre. Leur chemise trempée de sueur leur collait à la peau et de larges taches sombres s'étalaient sous leurs aisselles comme de l'encre sur du papier buvard.

Papa Agostinho portait une écharpe corail et un chapeau claque sur lequel étaient cousus des papillons et un cœur blessé. Son fils, Africo da Silva, avait revêtu une crinoline à pétales jaunes, tandis que Yaya Felicidade, la tête couverte d'un fichu imprimé de pensées violettes, brandissait un coutelas de la marine anglaise du XIXe siècle.

Les battements du tambour prirent possession des femmes et les entraînèrent dans une danse trépidante. Un homme efféminé, en pantalon de satin rose, fit entendre un gémissement, oscilla et s'abattit comme une planche.

D'autres femmes agenouillées devant la fenêtre massaient la chèvre dont on avait coupé les jarrets, en hurlant : « *Za! Za! Zanku!* C'est la nuit! La nuit! » Les poulets poussèrent un gloussement et se turent. Le couteau tomba sur le cou de la chèvre dont la vie s'en alla dans un gargouillement.

Les volets s'ouvrirent brusquement et Papa Agostinho apparut debout dans la chambre de son grand-père. Les femmes lui tendirent la calebasse rouge et écumante. Il répandit la nourriture, le sang, des plumes et du Gordon's Gin sur le lit, la tombe et l'autel des morts.

Africo s'écria : « Maintenant les morts ont mangé! » Quelqu'un prédit que la pluie arroserait les maïs et, de l'extrémité la plus reculée de la cour, on entendit la voix retentissante du père Olimpío : « Syncrétisme! »

Mrs. Rosemary da Silva leva le poing et cria :

« *Ah no go fo com heah fo no juju!* » (Je ne suis pas venue pour participer à toutes ces singeries) et sortit en tapant du pied, suivie par son mari.

Chacun reconnut que les Nigérians ne savaient pas se tenir.

Pendant que les officiants s'habillaient et se transformaient, l'orchestre se détendit en jouant une samba brésilienne. Le père Olimpío prit sa place à l'extrémité de la table :

« Bénissez-nous, mon Dieu, pour la nourriture que nous mangeons ce soir... »

***

Durant tout le dîner la radio cracha la voix du président par saccades : il y avait un faux contact dans le poste. Il exhortait le peuple à rompre le « cordon ombilical de l'impérialisme international » et, lorsqu'il se trouvait à court de mots, beuglait : « A bas les intellectuels! », ou bien : « Mort aux mercenaires et aux laquais du capitalisme! ».

On ne prêtait guère attention à lui.

Tout en s'empiffrant de pâte de maïs, Hermengildo da Silva proclamait bien haut qu'il avait sacrifié une chèvre à Gu, le dieu de la guerre. Mama Benz avait le hoquet. Adelina éternua et répandit du jus d'ananas sur la table. L'oncle Procopio proposa de jouer l'*Humoresque* de Dvorák; et les frères jumeaux, Euclides et Policarpo, se chamaillèrent sur l'interprétation de la devise familiale : « Les mouches ne sont pas visibles en société! » ou « Les mouches ne sont pas admissibles en société! ».

Mais, comme d'habitude, le sujet de conversation favori était la perte de la fortune de Dom Francisco; et, comme d'habitude, l' « Allemand » de la famille, Karl-Heinrich (Gazozo) da Silva, posa les poings sur la table et commença son discours annuel :

– Je sais de par mon défunt père, Anton Wilhelm, que notre illustre ancêtre a déposé trente-six millions de dollars américains dans une banque suisse...

– Ce n'était pas une banque suisse, interrompit Agostinho. C'était le Banco Coutinho à Bahia.

« Pétrification, hurlait le président, ... Paralysation!... Mystification!... Momification! »

– Et que votre oncle Antonio...

– Ce n'étaient pas des dollars. C'étaient des cruzeiros...

– ... a perdu le papier...

– Il ne l'a pas perdu. Il l'a bu.

« ... sensibiliser... organiser... mobiliser... »

– Je vous assure, il a brûlé le papier de la banque. Il l'a mis dans un verre. Puis il a versé dessus toute une bouteille de champagne et il a bu le tout.

– Je ne vous crois pas

– C'était un grand verre.

– Et la flotte? demanda Yaya Adelina. Qu'est-ce qui est arrivé à la flotte?

– Coulée par les Britanniques.

« ... abattre ce complot macabre qui veut massacrer notre peuple... »

– Volée par le gouvernement brésilien.

– Ils ne la rendront pas.

– Ils devraient la rendre.

– Nous devrions entamer un procès.

« ... qui veut s'emparer des incroyables richesses de notre pays... »

– Des cacahouètes, dit l'oncle Procopio.

– Des cacahouètes?

– Nous crèverions de faim sans les cacahouètes.

« ... et la riposte foudroyante de nos forces armées... »

– Et l'huile de palme...

« ... et notre régime scientifique et opérationnel... »

– Mais les cacahouètes donnent le cancer.

– Mais c'est tout ce que nous avons.

Africo da Silva prétendit que le Président lui donnait mal à la tête. Gustave répondit que c'était le harmattan qui causait les maux de tête. Quelqu'un d'autre affirma que c'étaient les roussettes et Papa Agostinho conclut d'un ton las en déclarant que Dom Francisco s'était retrouvé ruiné le jour où les États-Unis avaient abandonné l'usage des cauris comme monnaie.

Mama Benz demanda ce qu'était un cauri.

– Le cauri est un escargot, dit-il. Il vit dans un fleuve appelé Mississippi. Autrefois les Américains jetaient un esclave dans la rivière, les cauris venaient dévorer le cadavre, alors ils le retiraient de l'eau et c'est comme ça qu'ils se procuraient de l'argent pour acheter d'autres esclaves.

« La Révolution ou la mort ! »

– Aussi lorsque la loi a été votée, il n'y a plus eu de cauris...

« Le marxisme-léninisme est notre seul guide philosophique ! »

– ... et voilà comment Dom Francisco a été ruiné !

– Ah! Cette chinoiserie de Révolution! s'exclama Gustave da Silva en secouant sa belle tête.

– Et la flotte? gémit Yaya Adelina. Qu'est-ce qu'ils ont fait de la flotte?

2

A huit heures vingt-cinq une longue plainte de femme s'éleva du centre de l'enceinte.

– Ey... yeo... yo...yo... o...o...o...wo...wo... wo...!

Les dîneurs écartèrent les bras et se turent. Une jeune fille, toute en bras et en jambes, entra soudainement.

– C'est Mama Wéwé, cria-t-elle. Elle ne veut plus manger.

Chassant les canards de Barbarie devant eux, les Da Silva suivirent la jeune fille le long de l'allée jusqu'à une maison aux volets mauves.

Ils jetèrent un coup d'œil interrogateur à l'intérieur. Des mites virevoltaient autour d'une lampe qui projetait une tache de lumière visqueuse.

La propre fille de Dom Francisco, Wéwé la Blanche, la preuve qu'il était blanc, était allongée, mourante, à l'extrémité de la pièce.

Mlle Eugenia da Silva, un squelette qui par hasard respirait, reposait sur un divan étrusque en bois de jacaranda gravé de branches d'anacardiers et de fleurs de la passion. A son côté une assiette de papaye en morceaux qu'elle n'avait pas touchée.

Sa langue s'était collée à son palais. Ses lèvres avaient disparu dans les crevasses de son menton sans laisser de trace. Seul son nez restait visible, dressé parmi les lambeaux d'un bonnet de dentelle noir, et ses grandes mains blanches posées entre les os du bassin dans un creux d'alépine noire.

Les Da Silva contemplaient le miracle. Qu'elle puisse continuer à vivre n'était pas incroyable. Elle n'était guère plus âgée que le roi Sagbadjou, qui vivait avec ses femmes et ses serviteurs dans un bungalow derrière le palais d'Abomey.

Qu'elle puisse mourir était impensable.

Parfois, au cours des soirées les plus fraîches, son volet s'entrouvrait en grinçant. Les petits garçons qui jouaient nus dans la cour se rassemblaient en rond près de la fenêtre et un bras blanc décharné sortait à travers les épais rideaux noirs pour atteindre leurs têtes.

Parfois ils apercevaient son visage à la peau aussi transparente que celle d'un gecko et aux yeux verts voilés par la cataracte.

Elle avait toujours de la force dans les doigts. Elle les faisait voleter au-dessus des boucles crépues, mais si d'aventure ils venaient à toucher une tête aux cheveux lisses, elle passait la main dans la chevelure et la caressait, et la seconde main traversait les rideaux pour donner en récompense une pièce de Louis-Napoléon ou de la reine Victoria.

Elle vivait « en princesse », disait-on, ne mangeant que des haricots en purée et de la papaye, ne buvant qu'un peu de jus de mangue ou une tisane de citronnelle. Sa seule compagnie était une vieille toute ratatinée du nom de Mãe Roxa, qui lui préparait sa nourriture et la goûtait : Mama Wéwé redoutait toujours d'être empoisonnée.

En 1953, lors de la célébration de son centième anniversaire, elle avait pointé son index en direction de ses proches et dit : « Rappelez-vous bien que vous êtes brésiliens! » Elle n'avait plus prononcé un mot depuis. Les années passèrent sans qu'elle ouvrît la bouche si ce n'est pour se nourrir.

Avant qu'elle ne se retirât dans le mutisme, Papa Agostinho était le seul homme dont elle supportait la présence. Il écoutait son radotage désordonné sur les événements du siècle : sur les amazones jouant du tambour dans la cour; sur les bras du général Dodds, « bien velus pour un métis », ou sur « cet animal », terme par lequel elle désignait Mère Agathe des Petites Sœurs des Pauvres.

Mais lorsque Agostinho l'interrogeait sur l'existence de quelques papiers perdus et tentait de placer la conversation sur les événements de mars 1857, elle faisait la moue.

***

Il y a exactement quatre-vingt-dix-huit ans, elle était tombée amoureuse.

Elle était grande et belle. Sa peau était dorée et sa chevelure noire striée de mèches auburn. Elle avait des yeux d'ambre verdâtre, couleur d'une mer houleuse. Les commissures de ses lèvres, habituées à prononcer les consonnes floues et suggestives du portugais brésilien, se relevaient en un sourire perpétuel. A la vue de sa démarche chaloupée les hommes devaient se retenir – mais à l'époque, elle était vierge.

Un soir où le harmattan soufflait, elle rencontra un agent anglais qui remontait de la plage. Il lui parla d'un navire marchand ancré dans la rade. A bord il y avait un professeur venu pour recueillir les plantes et les animaux du Dahomey.

Cette nuit-là elle ne put trouver le sommeil et tenta d'imaginer les traits du professeur. A l'aube elle enfila une robe de mousseline blanche brodée de fleurs bleues. Elle noua un ruban à son chapeau de paille et accompagna Mr. Townsend jusqu'au rivage.

Des crabes s'enfuirent précipitamment devant eux quand ils descendirent le talus de sable blanc. A travers la brume se profilaient la coque et les vergues agitées par le roulis : puis, comme le temps s'éclaircissait, ils aperçurent le rouge du pavillon et les points noirs que formaient les passagers et l'équipage.

Mais le ressac était trop fort. Aucun passager ne put débarquer et les kroumans s'en retournèrent dans leurs cases.

Cinq jours plus tard, la mer se calma. Mr. Townsend envoya le signal « Paré ». Elle regarda l'avant de la pirogue se dresser au milieu de l'écume et le dos des kroumans sous le soleil changeant.

Des requins passaient entre les lignes extérieures et intérieures des brisants, au cas où l'embarcation chavirerait : on disait qu'ils avaient une préférence pour la chair des Blancs. Le sorcier debout dans l'eau faisait cliqueter son chapelet à l'arrivée de la première pirogue. Elle priait également. Elle supportait difficilement le spectacle de ces hommes qui pagayaient pour maintenir leur embarcation en droite ligne.

La pirogue franchit en rugissant une ultime vague et racla les galets avec un bruit sourd : des bras noirs emportèrent vivement les passagers à terre avant que la vague suivante ne s'abatte.

Le professeur serra la main de Mr. Townsend, essuya le sel de ses lunettes et commença à vérifier son tas de matériel. C'était un gros homme au teint rubicond, portant une veste pleine de poches, un casque colonial et un voile.

Sur le coup de la déception elle n'avait pas remarqué le grand lieutenant au visage piqueté de taches de rousseur, à la moustache rousse et aux yeux du même bleu que les perles que vendaient les femmes du marché et soudain elle comprit pourquoi son cœur battait si fort.

Le soir même il vint à Simbodji demander des porteurs de hamac : il allait à Abomey remettre un message au roi.

Pour le dîner il portait la tenue de soirée bleu et or du Deuxième Régiment des Indes occidentales de la Reine, qui tenait garnison à Cape Coast Castle. Elle parlait un peu anglais et il lui dit : « Nous allons bientôt mettre fin à ce *pidgin.* »

Lentement, pour qu'elle puisse comprendre chaque mot, il lui parla de la reine d'Angleterre et de la Cité de Londres. Elle essaya d'imaginer la neige – douce et blanche comme le duvet du cotonnier bombax, mais froide, d'un froid qu'elle ne pouvait imaginer.

Elle lui fit écouter les boîtes à musique suisses qui avaient appartenu à son père. Ils observèrent les peignes d'acier et les cylindres de cuivre hérissés de piquants qui tournaient par à-coups car les mécanismes étaient rouillés. Il essaya de chanter la « Truite » de Schubert, mais le rythme était trop irrégulier et tous deux éclatèrent de rire.

Puis elle trouva la clef de la boîte qui jouait des valses. Ne connaissant pas les pas de la danse, elle laissa ses pieds glisser et le poids de son corps s'abandonner à la main qui la tenait fermement au creux des reins.

Il joua au billard avec son demi-frère Antonio et le laissa gagner. Elle les entendit chuchoter en anglais et, lorsqu'elle regarda dans leur direction, elle vit ses yeux bleus ardents à travers les nuages de fumée de son havane.

Le matin suivant il arriva avec des cadeaux : deux foulards de Madras en soie, un collier de marcassite et un miroir à main doré – qui originellement étaient destinés aux femmes du roi.

A la tombée de la nuit, ils se promenèrent dans le jardin de Zomai où Dom Francisco avait fait construire le pavillon chinois. Les troncs avaient été passés à la chaux et la brise du soir agitait le feuillage des cocotiers en un lent *glissando*.

Le pavillon avait un toit aux bords recourbés et des fenêtres qui furent rondes jadis et qui ne l'étaient plus. Le vieux jardinier l'avait balayé à fond comme pour un pique-nique. Il s'esquiva à leur approche et elle pensa : « C'est mon frère qui a arrangé tout cela. »

Les poils de sa moustache lui picotèrent les lèvres. Ses mains, douces d'abord, se firent plus pressantes. Sa robe se déchira lorsqu'elle s'arracha de ses bras.

Surpris, il la laissa partir. Elle ne cria pas. Elle sortit du jardin en courant et se précipita dans la rue rouge où quelques Fons s'exerçaient à jouer du tambour. Ils se moquèrent d'elle, lui firent des pieds de nez et se mirent à marteler leurs instruments à un rythme accéléré sur son passage.

Elle s'enferma dans sa chambre et se jeta sur son lit de cuivre couvert d'étoffes du pays. Lorsque son oreiller fut trempé de larmes, elle se rendit compte de l'étendue de sa solitude.

Non pas qu'elle eût ignoré ce qui l'attendait. A Simbodji on déflorait les vierges avec autant d'aisance qu'on écossait les haricots. Depuis l'enfance, elle avait connu le rire grossier des femmes qui reniflaient le linge teinté de sang. Ses demi-frères avaient tenté de la forcer. Ses demi-sœurs faisaient la moue dès qu'un homme plus noir qu'elles les approchait, mais elles étaient toujours prêtes à se vendre au premier marin blanc venu.

Un code de l'honneur inné l'avait empêchée de s'abaisser à leur niveau.

Mais lorsqu'il revint au matin en bafouillant des excuses, c'est un ravissant automate qui lui tomba dans les bras.

Elle lui dit : « Emmenez-moi! »

« Oui », dit-il, et il le regretta aussitôt.

***

L'expédition était prête à partir vers l'intérieur du pays. Le lieutenant et le professeur étaient couchés dans des hamacs à rayures bleues et blanches. Les porteurs soulevèrent leurs charges comme si de rien n'était, et la colonne se mit en marche dans le vacarme des gongs et les hautle-cœur des trompes d'ivoire. La dernière image qu'elle emporta d'eux fut celle d'une manche kaki qui saluait tandis que le cortège disparaissait.

Pendant trois semaines, son humeur passa alternativement de l'euphorie au désespoir. Puis, un soir tard, un boy arriva de la maison de Mr. Townsend : le plus jeune des deux Blancs était de retour, malade, très malade, et le professeur avait été retenu auprès du roi.

Son visage avait pris une teinte plus blanche que les rideaux du lit. Ses yeux étaient jaunes, sa bouche grise et de l'écume apparaissait aux commissures des lèvres. Il bredouillait des noms qui ne signifiaient rien pour elle. Mr. Townsend diagnostiqua une attaque de paludisme qui serait peut-être fatale. Il était à court de quinine, mais eut l'esprit de ne pas mépriser le remède qu'elle avait été chercher chez l'herboriste. Il le fit ingurgiter de force à son patient, qui guérit.

Dès que la fièvre tomba, il se mit à crier hystériquement : « Emportez-moi loin d'ici! Faites quelque chose! » et lorsque Mr. Townsend lui parla d'un brick hollandais ancré dans la rade, il dit : « Emmenez-moi à bord! ».

Aucun sujet du roi n'était autorisé à quitter le Dahomey sans permission, aussi dut-elle descendre sur la plage sous escorte. Les manières du lieutenant furent correctes, mais sa voix était froide : une fois en Angleterre, il enverrait de l'argent pour le passage et le prix du mariage.

C'était un jour gris et sans vent mais les vagues en s'écrasant soulevaient un courant d'air qui faisait battre sa robe de mousseline entre ses jambes. Elle agita son foulard lorsque la pirogue quitta le rivage. Il ne répondit pas mais regardait la mer, les yeux fixés sur le navire qui allait l'emporter.

Elle attendit six mois, un an, deux ans. Une esclave affranchie, de retour de Bahia, lui apprit l'art de la dentelle. Ensemble, elles firent des mantilles, des jupons et des napperons : elle tenait absolument à être une femme accomplie.

Seule elle s'apprit à lire. Elle prétendait lire, mais bien qu'elle sût distinguer les pages, bien qu'elle sût même mémoriser les lettres sur une page, elle ne fut jamais capable de déchiffrer le sens des lignes.

Dans l'espoir d'améliorer sa connaissance de l'anglais, elle se rendit chaque jeudi à la chapelle méthodiste pour y chanter des cantiques. Le révérend Bernardo, un métis de Sierra Leone aux longs favoris en côtelette, avait été élevé en Angleterre. Il lui enseigna la gamme sur un piano droit au son métallique et bientôt, en suivant le tic-tac du métronome, elle sut jouer *Abide with me!* ou *Mine eyes have seen the Glory of the Coming of the Lord!*

Les filles du missionnaire l'adoraient. Toutes ensemble elles s'habillaient de blanc et, quand elles chantaient, une foule aux yeux écarquillés ne manquait jamais de s'assembler devant la porte. Elle fut amèrement contrariée d'apprendre qu'elles louaient leurs services pour payer la boisson de leur père.

Elle se mit à faire de longues promenades solitaires.

Les après-midi d'orage, lorsque d'imposants nuages s'amoncelaient au-dessus d'elle haut dans le ciel, elle flânait dans les palmeraies et, arrivée au lagon, regardait les martins-pêcheurs blancs et noirs voleter au-dessus de l'eau sombre.

Parfois elle s'enfonçait dans l'intérieur et allait visiter le camp des Peuls. C'était un peuple à peau claire qui dormait sous les étoiles et dont la vieillesse n'altérait pas la beauté. Le harmattan les contraignait à quitter la savane pour la côte. Leur bétail aux cornes en forme de lyre traversait les hautes herbes dans un bruit de crépitement. Elle accueillait leur arrivée avec espoir : la saison sèche amenait aussi des Européens sur la côte.

Ses yeux interrogeaient Mr. Townsend mais l'orgueil l'empêchait de demander des nouvelles. La lâcheté de son compatriote l'embarrassait. Ce ne fut qu'au moment où sa compagnie le rappela qu'il trouva le courage de lui parler de la lettre du professeur : le lieutenant avait quitté l'armée, s'était marié et vivait dans le Somerset.

« Oh! » dit-elle.

Il s'attendait à ce qu'elle éclatât en sanglots et tendit la main pour la consoler. Mais elle le regarda fixement comme s'il était fou et partit en courant, chantant et dansant, pieds nus sur le sable, en direction de quelques kroumans qui débarquaient d'un navire des barriques d'huile de palme vides.

***

Les années durcirent les contours de son visage, y découpant des plans anguleux. Des rides aux coins des yeux lui donnèrent un air pincé.

Sa peau s'étira sur son nez et ses pommettes et retomba en plis mous sur sa gorge. A trente ans c'était une vieille fille, mais ensuite son apparence ne changea guère : la Côte des Esclaves emporte ses victimes dans leur jeunesse ou les conserve jusqu'à un âge très avancé.

Peu à peu, ses relations se réduisirent à son jeune esclave Mahi, à son père et à l'étranger roux. Incapable de faire la distinction entre le réel et le surnaturel, elle n'en faisait aucune entre les vivants, les absents et les morts.

A ses yeux, les membres de sa famille n'étaient que les masques d'un cauchemar. Et en retour c'est avec une crainte superstitieuse que les Da Silva considéraient cette femme blanche sans enfant.

Ils la soupçonnaient d'avoir le mauvais œil. Ils prirent soin de brûler leurs cheveux tombés et leurs rognures d'ongles. Les femmes disaient qu'elle rôdait la nuit dans les rues de Simbodji en ramassant la terre imprégnée de leurs crachats.

Puisque personne ne voulait dormir sous le même toit qu'elle, ils lui laissèrent la vieille villa de Joaquim da Silva tout au bout de l'enceinte. Elle acheta une pièce de drap noir et en tapissa sa chambre. Elle-même s'habilla tout de noir, d'une robe raide lui descendant jusqu'aux mollets et d'un bonnet de dentelle attaché sous le menton.

Pendant des années, elle montra une affection prodigue à l'ara de son père, un oiseau hargneux appelé Zé Piranha, qui donna des coups de bec aux étrangers et à ses propres plumes jusqu'au jour où il mourut d'inanition. Ensuite elle reporta son amour sur une chienne couverte de croûtes et atteinte de mammite qui passait ses journées allongée à l'ombre d'un bananier, mais qui, le soir venu, s'asseyait devant les marches et hurlait à la mort.

Simbodji tomba en ruine. Les toits s'effondrèrent et les murs s'écroulèrent. Une végétation exubérante envahit les décombres abandonnés aux lézards, aux scorpions et aux serpents. Privés de leur source de revenus depuis la fin du trafic des esclaves, les Da Silva sombrèrent dans la torpeur tropicale.

En 1882 une tornade s'abattit sur la maison de Dom Francisco, dispersant ses tuiles aux quatre coins de la ville.

En 1884 une jeune fille faisait griller des noix de cajou lorsque l'une d'elles sauta du brasier et mit le feu à un toit. Treize maisons brûlèrent dans l'incendie.

En 1887 Cândido da Silva, un des plus jeunes fils de Dom Francisco, fut élu chef de la famille pour l'habileté qu'il montrait à rétablir la fortune des Da Silva. Il obtint même que le roi du Dahomey signe de sa croix un document qui faisait de Ouidah un protectorat portugais.

Les colonisateurs arrivèrent de l'île de São Tomé avec une fanfare militaire et jalonnèrent avec des piquets l'emplacement d'une future caserne. Le roi fit parvenir à Cândido un message flatteur l'invitant à se rendre à Abomey. Et il partit dans son uniforme de colonel portugais, avec ses femmes, ses enfants, ses porteurs de parasol, ses musiciens et une garde d'honneur d'amazones.

Il ne revint pas.

Le commandant portugais qui vint s'enquérir de son compagnon d'armes fut introduit dans une case de torchis dont une paire de couteaux d'exécution encadrait le seuil. Le colonel honoraire, portant toujours ses épaulettes, était ligoté sur une chaise européenne, une chaîne de fer au cou et un bâillon de bois enfoncé jusqu'à la gorge. A ses pieds une écuelle d'argent, bourdonnante de mouches.

« Dans cette écuelle, dit-on à l'officier, vont les têtes de tous ceux qui sèment le trouble dans le royaume. »

Neuf jours plus tard, un détachement d'amazones fit irruption dans Simbodji, un crocodile, insigne de leur brigade, cousu sur leur uniforme.

Elles tirèrent des coups de mousquet en l'air et dansèrent la danse de la décapitation en avertissant les Da Silva que, s'ils s'avisaient de vendre la moindre parcelle du sol dahoméen, la maison serait détruite, rasée, effacée ; et on les enverrait travailler dans les plantations royales ou bien raconter aux ancêtres du roi comment les choses se passaient dans ce monde perfide.

Pendant des mois un silence sépulcral enveloppa Simbodji.

*
* *

Senhorinha Eugenia profita de la catastrophe pour emporter quelques-unes des reliques de Dom Francisco, comme si, en collectionnant les objets qui lui avaient appartenu, elle pouvait le ramener à la vie.

Elle prit sa boîte à cigares incrustée d'argent, son pot de chambre en opaline rose, sa marque à esclaves à poignée d'ivoire avec ses initiales F.S., son chapelet de noix de carnauba, quelques bouts de papier portant des écrits de sa main, une lithographie de l'empereur Dom Pedro II, une peinture d'une maison brésilienne et une toile particulièrement sanguinaire représentant Judith tranchant la tête d'Holopherne.

Au cours de ses expéditions, elle était accompagnée du fils de Cândido da Silva, Cesário, alors âgé de dix ans. Il avait été laissé par ses parents lorsque ceux-ci partirent à Abomey et était orphelin à présent.

Avec ses yeux verts et ses cheveux blonds, Cesário portait l'hérédité d'une souche ancienne de la famille. Et, tout comme les jeunes oiseaux qui chassent les albinos de leur nid, les autres enfants en avaient fait leur souffre-douleur et le bombardaient d'ordures et de fruits pourris.

Le climat ne lui convenait pas. Sa peau pelait sous le soleil et lui laissait des plaques roses. Une croûte marquait en permanence l'arête de son nez et ses piqûres de moustiques enflaient et s'infectaient.

Il vint la voir un matin avec des larves de mites dans le pied gauche.

Elle l'allongea sur un lit, affûta une lame de couteau, entailla la dure plante des pieds et ôta le sac d'œufs. Il ne fit pas entendre le moindre gémissement. Elle l'embrassa sur le front et le garda auprès d'elle.

Elle ne s'était jamais occupée d'un enfant et chaque jour apportait son lot de nouveautés. Elle retrouva sa démarche cadencée et son sourire éblouissant. La couleur revint sur son visage. Elle se débarrassa de ses habits noirs, se mit des anneaux d'or aux oreilles et arpenta le marché dans une robe à fleurs.

Elle habilla Cesário en pantalon blanc, lui fit porter un panama en fibre de palmier et, dans cet uniforme, l'envoya chez les pères français pour qu'il apprenne à lire. Il rentrait à la maison avec des histoires de chemins de fer, de chevaliers en armure et toutes sortes de renseignements des plus utiles : les ancêtres étaient en fait des Gaulois, les vaches de Haute-Savoie donnaient six fois plus de lait que celles d'Afrique.

Il aimait particulièrement l'histoire de Moïse et du pharaon et demandait toujours si le pharaon et le roi du Dahomey étaient une seule et même personne; il n'était pas convaincu lorsqu'on lui répondait que non.

Les jours de pluie, elle prenait une gravure en couleurs distribuée par la Société des églises missionnaires d'Abeokuta et montrait du doigt le vieillard barbu qui indiquait au voyageur le « chemin droit et étroit » et disait : « Regarde! C'est ton grand-père! »

Ou bien ils étalaient un panorama de Bahia sur lequel il lisait les noms : « Casa Santa de Misericórdia... Monastère de São Bento... Couvent de Santa Teresa... », pendant que son regard embrassait dômes, tours et frontons qui pour elle évoquaient la Nouvelle Jérusalem descendant du Paradis.

Elle tâcha d'imaginer la maison qu'ils habiteraient lorsqu'ils retourneraient à la Ville. Elle parlait de ses bals à Bahia, dans la grande salle bleue entourée de glaces et de piliers d'or, ce qui était inexact, car elle ne s'était jamais aventurée au-delà de Ouidah.

A d'autres moments ils rendaient visite aux Allemands. En 1890 une société de commerce de Hambourg, la Goedelt, avait acheté la concession du vieux fort britannique. Les nouveaux venus buvaient de la bière dans les chopes de grès et, le soir, leur mess s'obscurcissait sous la fumée des pipes. Un coucou, décoré de roses rouges, était suspendu au mur à côté de portraits de jeunes Rhénanes et de celui du jeune Kaiser Guillaume II.

Cesário était le chouchou du directeur, Herr Raabe, qui pensait lui apprendre le métier de comptable. Chaque fois qu'Eugenia venait le chercher, elle apportait un poulet ou quelques fruits et restait plantée sur un pied, timidement, sans oser franchir le seuil, frottant son mollet avec l'autre pied, les yeux fixés sur le mur.

Les Allemands croyaient qu'elle attendait le coucou. Aussi, quand l'oiseau avait fait sa sortie hors de sa niche, ils lui disaient en anglais : « C'est assez pour aujourd'hui, ma bonne dame. Merci. Il est l'heure de rentrer chez vous maintenant! » et une fois la porte refermée, en allemand : « Mon Dieu, quel étrange regard! »

Mais en fait elle n'avait eu d'yeux que pour le Kaiser.

*
* *

Un soir Cesário et elle traversaient le quartier Sogbadji dans le calme qui précède l'orage. Des drapeaux blancs pendaient inertes au-dessus d'un fétiche. La tête basse, quelques vieillards étaient accroupis sous des ombrages, complètement blanchis à la chaux. Une quantité inaccoutumée de vautours convergeaient vers la ville.

Dans une maison ils entendirent un gémissement sourd; plus loin des personnes en deuil transportaient un cadavre enveloppé dans une natte de roseau d'où les pieds dépassaient. Ils virent un homme se traîner vers les fourrés. Des taches de vomissures et d'excréments jaunâtres jonchaient toute la rue.

Le choléra avait débarqué avec l'équipage d'un navire.

Ils se hâtèrent de rentrer chez eux. Ils verrouillèrent la porte et ne laissèrent pénétrer personne : elle savait au moins cela de la contagion.

Au crépuscule du troisième jour, Cesário sentit la tête lui tourner et dut s'aliter. En l'espace d'une heure il avait souillé son lit. La sueur s'écoulait de sa peau et la laissait froide, moite et sans élasticité. Ses yeux s'enfoncèrent dans leurs orbites et fixèrent sans expression les poutres du plafond. Il ne perdit pas conscience et referma ses doigts desséchés sur la main d'Eugenia.

La crise survint au moment où l'aurore africaine jette une lueur dorée sur chaque chose. Des colombes roucoulaient dans le jardin. Un rayon de lumière tomba par la fenêtre et encadra la femme en bleu agenouillée près du lit du jeune garçon. Le corps de Cesário était torturé de crampes et sa cage thoracique se tordait comme un concertina.

Elle se pencha sur lui et l'embrassa, glissant longuement sa langue dans sa bouche desséchée, priant pour que la maladie le quitte et s'abatte sur elle.

Il soupira : « Laisse-moi seul », et bientôt il la quitta.

Elle continua à vivre.

Elle se rendit chez un négociant brésilien et acheta un coupon de tissu azur, la couleur que les anges portent au Paradis. Elle lava le corps qui avait déjà pris une teinte verdâtre. Elle l'enveloppa et le déposa dans un cercueil en bois d'iroko. Elle ébouriffa ses cheveux autour de sa tête comme un halo. Elle lui plaça une pièce d'or dans la main et son jardinier cloua le couvercle.

On l'enterra dans le cimetière familial sous la fenêtre de Dom Francisco, une croix de palmes au-dessus de la tête. Personne de la famille n'y prêta la moindre attention, tous étant trop préoccupés par leurs propres morts.

Trois jours plus tard, l'adjoint de Raabe la vit déambuler sur la place, le menton pressé contre sa gorge, marmonnant entre ses dents tout en regardant le sable passer entre ses doigts de pied.

Puis elle éclata de rire, tendit ses mains grandes ouvertes et agita un foulard noir vers une mer sans oiseaux.

Il lui demanda ce qu'elle faisait et elle répondit : « Il est allé à Bahia. »

***

Les quelques années suivantes glissèrent sur elle sans la distraire de sa solitude.

Elle ne prêta aucune attention à l'explosion de sacrifices humains qui marqua l'accession au trône du nouveau roi, Behanzin le « Requin ».

Elle ignora le bombardement français sur Ouidah qui tua cent trente personnes et démembra un baobab sacré. Elle ne prit pas part à la fête le jour où Estevão da Silva hissa un drapeau tricolore improvisé en haut du mât, ouvrant ainsi pour la famille la carrière de citoyens français de couleur.

Les seuls événements de sa vie étaient la récolte des noix de palme et les fêtes de l'Église brésilienne. Trois semaines avant la Saints-Côme-et-Damien en septembre, sa servante Roxa et elle cousaient des robes à fanfreluches pour les sœurs jumelles de la ville, qui étaient vénérées presque comme des divinités. En janvier elles participaient à la préparation du *Bumba-Meu-Boi* en aidant à peindre les costumes des mimes. Et le 3 juillet, le jour de la Saint-Jean-Baptiste, elles s'asseyaient devant la chapelle du fort portugais et faisaient griller des épis de blé nouveau pour les fidèles.

Comme ces manifestations se répétaient année après année, elle perdit la notion du temps et ne se vit pas vieillir.

Mãe Roxa mourut au cours de l'épidémie de variole de 1905 après avoir refusé la vaccination. Elle fut remplacée par une jeune fille « brésilienne » de dix-huit ans, qui s'appelait de son véritable nom Cristella Chaves. Mais Eugenia, ne voulant pas accorder la moindre concession au changement, l'appela Roxa et attendit d'elle qu'elle sût tout des cinquante années écoulées.

Vers 1914 la chapelle du fort tomba en ruine. Longtemps Eugenia avait convoité la tête de saint Jean-Baptiste et, pour la mettre à l'abri des pillards, elle l'emporta chez elle. La tête aux yeux de verre et aux boucles noires ondulées était l'œuvre d'un artiste africain de Bahia qui avait sculpté l'aorte, l'œsophage et la troisième vertèbre cervicale en portant une méticuleuse attention aux détails. Il l'avait vissée sur un plat à viande en porcelaine de Minton décoré au pochoir d'œillets mauves : des gouttes de sang peint dégoulinaient dans le récipient conçu pour recevoir le jus des rosbifs de la vieille Angleterre.

Elle conçut ensuite le projet de convertir la chambre de Dom Francisco en sanctuaire.

Roxa et elle assemblèrent des chapelets. Elles fabriquèrent des reliquaires. Elles composèrent des couronnes de fleurs artificielles avec des coquillages et, à partir d'un pot à thé de Pirevitte en forme de poule, elles improvisèrent un Saint-Esprit. Elles suspendirent le panorama de Bahia, la peinture de Judith et quelques gravures religieuses en couleurs : une Santa Marta avec deux cœurs ensanglantés, une Santa Luzia souriant à ses deux yeux qui reposaient dans le creux de la main.

Quant à la tête de saint Jean-Baptiste, elles la posèrent sur l'autel.

Puis, au moment où le travail allait s'achever, elle eut soudain l'idée de placer une statue de saint François d'Assise au pied du lit de son père.

M. Poidevineau, l'acheteur de noix de palme, lui avança un peu d'argent sur sa part de la récolte à venir et l'envoya à une société de Marseille spécialisée dans la sculpture sacrée.

Le *Poverello* arriva à la gare dans une caisse volumineuse. La fanfare brésilienne de la ville fit retentir une samba et Mama Wéwé – comme on l'appelait désormais – se tenait sur le quai, tous sourires dehors, quand le train entra en gare. Pour la première fois depuis vingt-cinq ans, elle n'était pas vêtue de noir.

Les pères de Notre-Dame d'Afrique entendirent parler de cet émouvant exemple de foi et offrirent leur aide. Mais elle ne permit à personne d'entrer dans le sanctuaire avant qu'il ne fût prêt à être consacré.

Un matin les pères Truitard, Boët et Zerringer descendirent à pied à Simbodji en soutane blanche immaculée et en sandales. Elle tira le verrou de la porte et, avec un geste de triomphe, les introduisit dans la pièce.

Ils virent la tête d'Holopherne, celle de saint Jean-Baptiste, les chaînes d'esclaves, un miroir de toilette, les clous et les plumes tachés de sang. Le père Zerringer, zoologiste amateur, observa les reliquaires et identifia une serre de vautour, une vertèbre de python, un fragment de crâne de babouin et un tympan de lion.

« Ce sont les gris-gris du marché », murmura-t-il.

Le sachant moins enclin à se livrer à des accès de colère sectaire, ses collègues chargèrent le père Truitard de lui dire la vérité. C'était un homme emprunté, au visage grêlé et aux doux yeux bruns, qui avait passé des années à communier avec les vagues et les pétrels de l'île d'Ouessant. Il parlait quelques mots de portugais. Notre Mère l'Église, expliqua-t-il, ne pouvait permettre l'adoration d'objets idolâtres dans un lieu consacré. La foi était là. Le cœur était plein de bonne volonté et la chair également. Mais elle avait besoin de quelques leçons sur les Saintes Écritures. Et le choix de saint François d'Assise n'était peut-être pas le plus indiqué pour veiller sur la tombe d'un négrier.

– Mais il les envoyait au PARADIS! hurla-t-elle en montrant le panorama de Bahia.

– Mais saint François, ma sœur, était un pauvre vagabond, qui aimait tous les hommes et les oiseaux et les animaux...

Elle n'écoutait déjà plus. Un cri rauque s'échappa de ses lèvres. Elle envoya de violents coups de poings et battit des bras dans un mouvement de désespoir. Puis elle se précipita dehors sous le soleil ardent et s'affaissa comme une masse.

Deux jours plus tard, mère Agathe des Petites Sœurs des Pauvres écarta Roxa de son passage et força l'entrée de la chambre d'Eugenia. Cinq minutes plus tard elle en ressortit, le visage lacéré, son habit en lambeaux et maculé de rouge.

***

Mama Wéwé passa soixante autres années assise dans l'odeur caillée du brocart pourrissant, sans détacher les yeux d'un oratoire portatif figurant la Cène, qui avait appartenu à son père.

C'était une vitrine, de la taille d'une maison de poupée, fabriquée par les religieuses de la Soledade de Bahia.

La pièce miniature avait des murs bleu ciel,

des miroirs entre des pilastres dorés. Le sol était couvert d'une échappée de soleil en marqueterie et, sur la cheminée, il y avait une pendule sous une cloche de verre. Les figures en bois du Christ et des apôtres étaient assises face à un poulet en plâtre de Paris. Les yeux de Notre Seigneur étaient de couleur turquoise et sa tête hérissée de cheveux roux véritables. En imagination, elle se rapetissait et se postait en observation sur le seuil de la porte – mais elle s'écartait pour laisser passer le métis sournois qui s'éclipsait au milieu du repas.

Les années filèrent sans que personne réparât la maison. Le chaume pourrit, les volets se fendirent et lorsque des termites sapèrent le plancher, son rocking-chair ne put plus se balancer. Pendant la saison des pluies des herbes surgissaient, décolorées par le manque de lumière. Des taches de moisissures s'étendaient sur les murs; des coulées rouges se déployaient en delta à partir des nids de guêpes établis dans les chevrons et croisaient des itinéraires de fourmis.

Une fois seulement, en 1942, il se produisit une cassure dans le rythme de ses jours.

De retour d'un vin d'honneur tumultueux, la femme du président, Mme Burlaton, prit l'accélérateur de sa Peugeot pour le frein et percuta

Aizan, le fétiche du marché, dont elle projeta les morceaux sur toute la place. Les féticheurs exigèrent un sacrifice humain pour la reconsécration. Son mari refusa. Il y eut une révolte.

Un peloton de spahis sénégalais fit feu, tuant une chèvre et blessant une femme à la jambe. Roxa entendit les détonations et, quatre heures plus tard, courut à la caserne porteuse d'un message pour l'officier commandant la place : Mlle da Silva serait enchantée de le recevoir.

Le lieutenant André Parisot avait entendu parler de cette mystérieuse femme blanche que personne n'avait vue. Il prit le temps de se passer les cheveux à l'huile de Macassar et enfila son plus bel uniforme blanc.

– Lieutenant, dit-elle. Je vais jouer pour célébrer votre victoire. Roxa, va me chercher mon piano!

Roxa apporta une planche blanche sur laquelle étaient peintes trente-cinq touches noires, et le lieutenant se mordit les lèvres pendant que, de ses ongles non coupés, elle grattait les arpèges et que la poussière tombait du bois vermoulu.

La penderie de Dom Francisco, qui ne tenait que par sa seule peinture, dura jusqu'en 1957, date à laquelle elle s'effondra, dévoilant des débris de corsets en os de baleine et des lambeaux de taffetas noir qui voletaient de-ci de-là comme des morceaux de papier carbonisé.

Des araignées avaient transformé la cage du perroquet en tente grise. Les tableaux pelaient et les douze apôtres rongés par les vers n'étaient plus que des chicots lépreux.

De la tête du Christ, deux perles de verre bleu saillaient sur leur tige, comme les yeux en périscope de certains poissons.

***

Ses propres yeux étaient trop fatigués pour voir les visages qui observaient la pièce à travers la fenêtre. Mais elle avait vu ces mêmes visages il y a longtemps et ils étaient tous là, comme elle se les imaginait.

Dévissant une fiole d'argent, le père Olimpío da Silva lui donna l'extrême-onction et la pièce retentit de sa prière. Modeste fit balancer l'encensoir et des nuages de fumée bleue dérangèrent les guêpes qui se mirent à bourdonner.

Elle n'était pas en sueur. Son visage était calme. Personne n'aurait pensé que sous cette peau parcheminée il y avait des veines, des artères et un cœur qui battait.

Ses lèvres s'entrouvrirent alors avec un bruit

sec à peine audible. Les Da Silva entendirent un léger froissement. Tout d'abord ils ne surent pas trop s'il s'agissait du froissement de sa peau, de celui de l'alépine noire ou du début du râle de la mort.

Un mot se détacha et flotta dans la pièce. Un second se fit nettement entendre.

Un chapelet de mots, faible comme le vent dans des palmes lointaines.

– Les papiers, murmura-t-on. Demandez-lui où sont les papiers.

Papa Agostinho plaça son oreille près de sa bouche. Il se leva et s'approcha de la fenêtre sur la pointe des pieds.

– Elle parle portugais. Qui parle portugais? Est-ce que quelqu'un ici parle portugais?

3

L'homme qui débarqua à Ouidah en 1812 était né vingt-sept ans plus tôt, près de Jaicos dans le Sertão, cette zone d'élevage, sèche et couverte de broussailles, du Nord-Est brésilien.

Les Sertanistas sont farouches et pauvres. Ils ont le visage étroit, les cheveux lisses et parfois les yeux verts d'un ancêtre hollandais ou celtique. Ils détestent les Noirs. Ils croient aux guérisons miraculeuses et leurs légendes parlent d'un roi fantôme, Dom Sebastião, qui débarrassera la terre de l'Antéchrist.

Comme tous les peuples nés en des lieux épineux, ils rêvent de champs verdoyants et d'une vie facile. Parfois, le cœur léger, ils descendent vers le sud à destination de San Salvador da Bahia, mais lorsqu'ils aperçoivent la mer et la ville, ils sont pris de panique et s'en retournent vers leurs terres déshéritées.

Le père de Francisco Manoel, ouvrier saisonnier sur une fazenda, se tua au cours d'un rassemblement du bétail. Son chapeau de cuir se coinça dans la fourche d'un arbre; la jugulaire s'enroula autour de son cou et l'étouffa. Ses collègues vaqueiros suivirent les traces de son cheval et trouvèrent le corps, les pieds pendant à quelques centimètres au-dessus du sol.

Son fils avait un an.

Sa mère était une femme acariâtre. Le travail avait mis ses mains à vif. Des veines bleues saillaient sur ses tempes et ses cheveux clairsemés ne parvenaient pas à cacher les kystes qui s'étaient développés en divers endroits de son crâne. Des années de sécheresse avaient donné à sa bouche une expression de rage – rage contre ses seins flétris, contre les sandales de fibre qui lui tenaient lieu de chaussures, contre le lit de plume qu'elle ne posséderait jamais, ou contre le crucifix de fer-blanc qui aurait dû être en or.

Elle passait le plus clair de ses journées à fumer une pipe en terre accroupie dans l'ombre mouchetée d'un acacia.

La maison au toit d'herbe et aux murs de voliges et de boue séchée s'élevait en pleine campagne au milieu d'un bosquet de umbus. Les volets étaient peints d'un bleu frais, mais la fraîcheur n'était qu'illusion.

Une ceinture de bromélias fermait la cour. A

quelques pas de là se trouvait un abreuvoir recouvert de lentilles d'eau et, au-delà, le maquis épineux s'étendait en larges ondulations gris-vert, ponctuées ici et là de cactus candélabres noirs.

Les trois pièces nues, blanchies à la chaux, étaient pleines de chiures de mouches. Des hamacs pliés pendaient des poutres comme des jambons; les selles, chapeaux et harnais étaient suspendus sous l'auvent. Une statuette de saint Onofrio gardait l'entrée et une de saint Blaise protégeait des fourmis. La femme conserva une étoffe blanche sur l'autel longtemps après avoir cessé de prier pour quoi que ce soit.

Dans les semaines qui suivirent la mort de son mari, elle se lia avec un Indien métis du nom de Manuelzinho qui arriva un jour à la maison et demanda de l'eau. Il avait un bec-de-lièvre et des dents comme des morceaux de métal rouillé. Les brides qui retenaient son justaucorps étaient si tendues sur sa poitrine qu'on les aurait dites prêtes à craquer. Il gagnait sa vie en tuant des serpents dont il vendait au marché la chair blanche et floconneuse.

Son cheval n'avait qu'une oreille, et quand on lui demandait : « Qu'est-ce qui est arrivé à l'oreille du cheval? », il répondait d'une voix lugubre : « Les bestioles l'ont mangée. »

Le spectacle du couple faisant grincer nuit et jour un hamac de sisal forma les premiers souvenirs du jeune garçon : jamais il ne connut un moment où il ne se soit senti étranger.

Cependant chaque fois que l'homme l'avait satisfaite, la voix de la femme devenait moins rude et sa bouche s'adoucissait en un sourire. Elle se donnait la peine de préparer les repas, peignait les cheveux de son fils pour y chercher les poux et lui racontait les vieilles histoires de Dom Sebastião et de la princesse Magalona.

Se souvenant de temps plus heureux, elle lui posait les devinettes qu'elle avait apprises dans son enfance : l'avocat qui avait « un cœur de taureau » ou « les filles dans un château habillées en jaune » qui étaient un régime de bananes. Et puis surtout sa devinette favorite :

Igrejinha bem rondinha
Bem branquinha
Não tem porta
Não tem janela
Dentro dela tem tesouros
Um de prata, outro d'oro

– une petite église toute ronde et toute blanche, sans porte et sans fenêtre; dedans il y a deux trésors, l'un d'argent, l'autre d'or – dont la réponse était « un œuf ».

Mais Manuelzinho était un vagabond dans l'âme. Après une semaine de captivité il ne pensait plus qu'à reprendre la route. Il faisait les cent pas autour de la cour en jetant des regards de colère au soleil comme s'il se couchait trop tard. Ou alors il donnait de grands coups de fouet dans la poussière ou, assis, lançait des couteaux dans une bûche.

Puis, en regardant sa silhouette couleur de cendre diminuer à l'horizon, la femme refermait ses doigts sur le plateau de la table avec une telle force que les échardes pénétraient sous ses ongles.

***

De nombreuses années plus tard, pieds et mains enchaînés dans la prison du roi de Dahomey, Francisco Manoel se rappela l'année de la sécheresse.

Cet été-là – il avait sept ans à l'époque – les nuages se rassemblèrent comme à l'accoutumée et éclatèrent. Pendant cinq jours la pluie détrempa la terre, les semis germèrent et des nuages de papillons firent leur apparition. Puis les nuages s'en allèrent. Le soleil trembla dans un ciel d'un bleu métallique. La boue se craquela.

Un soir, à la tombée de la nuit, la mère et le fils observaient des vols de canards se dirigeant vers le sud. Elle lui donna un coup de coude et lui dit : « Les canards vont vers le fleuve. »

Des vents chauds se mirent à souffler, cachant l'horizon dans des nuages de poussière et projetant des crottes de chèvre à travers la cour. Lorsque l'abreuvoir fut à sec, le bétail resta autour de la tache de vase verte, le museau plein d'épines.

Dans une cabane, derrière la maison, vivait un vieil Indien Cariri appelé Félix, qui s'occupait des quelques animaux de la veuve en échange du gîte et du couvert. Un soir il s'effondra dans la cuisine et dit d'une voix rauque et désespérée : « Ils sont tous en train de mourir. » Il avait coupé des morceaux de cactus, en avait retiré les épines, et les leur avait donnés comme fourrage; mais le bétail avait continué à mourir.

Le sang s'écoulait de leurs flancs par de petites protubérances roses, des tiques. Les bêtes s'écorchaient jusqu'au sang pour atteindre la moindre feuille qui ne fût pas desséchée et finalement, lorsqu'elles mouraient, leur peau était si dure que les charognards ne parvenaient pas à l'entailler pour atteindre les entrailles.

Des incendies ravagèrent le pays, l'embrasant dans un crépitement résineux et ne laissant derrière eux que des souches velouteuses là où il y avait eu des arbres. Les flammes surprirent Félix qui ouvrait un coupe-feu à coups de hache et ils le retrouvèrent, carbonisé et luisant; une grimace découvrait ses dents blanches et un mucus verdâtre lui sortait du nez. La femme creusa une tombe, mais un chien déterra le corps et le mit en morceaux.

Des rats descendirent le long des cordes du hamac de Francisco Manoel et le mordirent pendant son sommeil. Des serpents à sonnettes entrèrent dans la cour, attirés par tout ce qui était encore en vie. Lorsqu'une marabunta de fourmis légionnaires traversa la maison, la femme ne trouva que la force de sauver une casserole de farine de manioc et quelques pans de viande de bœuf séchée au vent.

Finalement, au moment où tout espoir l'avait quittée, Manuelzinho arriva sur son cheval, venant du maquis où il avait vécu en mangeant des rongeurs à moitié rôtis. Il recreusa le puits et en tira quelques gouttes d'un liquide ferrugineux et nauséabond. Mais, en l'espace d'une semaine, les trois cruches d'eau étaient vides.

La bouche de Francisco Manoel se crevassa et s'infecta. Ses paupières s'enflammèrent. Ses jambes devinrent raides. On lui donna des racines de palmiers écrasées mais elles gonflèrent dans son estomac et les crampes le forcèrent à s'allonger. Il n'était pas question pour lui de verser la moindre larme – même lorsque sa mère fut à l'agonie.

Un matin au réveil, ils la trouvèrent la jambe gauche pendant mollement hors du hamac. Manuelzinho ramena sur son visage l'étoffe qui la protégeait des mouches. Sans prononcer une parole et avec la terrible tendresse des gens poussés à l'extrême limite, elle plaida la cause de ce fils pour lequel elle s'était privée de nourriture.

Ses oasis n'étaient pas de ce monde : elle mourut dans la nuit sans une plainte.

Le garçon regarda Manuelzinho l'enterrer. Ils partirent vers le sud en direction du fleuve. Dans leur exode ils dépassèrent des petits groupes trop épuisés pour poursuivre leur route. Sur les branches des oiseaux noirs attendaient.

Le cheval mourut le deuxième jour, mais les hommes sont plus résistants que les chevaux.

Ils atteignirent le fleuve au bac de Santa Maria de Boavista, où Manuelzinho confia l'orphelin au prêtre et partit.

Le garçon ne garda aucun souvenir du voyage, mais, pendant des années, il conserva un morceau de viande qu'il cachait la nuit sous son oreiller.

***

Santa Maria da Boavista était située sur la rive nord du fleuve São Francisco qui, à cet endroit, forme un grand arc à travers les provinces de Bahia et de Pernambuco.

L'agglomération ne comportait qu'une seule rue aux maisons de tuiles échelonnées le long d'une colline rocheuse. En contrebas les eaux boueuses du fleuve charriaient des îlots de végétation provenant d'une contrée plus verte, en amont. Une église blanche s'élevait au point le plus haut; au-dessus des volutes de son fronton, une simple croix confondait dans le même bleu les souffrances de la crucifixion et un ciel sans nuage.

Le tuteur du garçon, le père Menezes Brito, était un gros Portugais vaniteux, exilé là à la suite de quelque écart de conduite : sa seule distraction consistait à baptiser les bébés indiens avec ses crachats. Il donnait à manger à Francisco Manoel et le laissait dormir dans une remise. Dans l'espoir d'en faire une recrue pour l'Église, il lui apprit à sonner les cloches, lui enseigna les rudiments du latin, quelques éléments de mathématiques et l'art d'écrire des lettres en écriture script.

Il lui parla de Bahia et de ses trois cents églises, de la ville de Lisbonne et du Saint-Siège de Rome. Il lui fit jouer le rôle de saint Sébastien au cours des processions du Corpus Christi. Il l'appelait « mon ange aux yeux verts », mais le contraignait à se prosterner et à confesser la noirceur de son âme. Parfois il le conduisait dans une chambre qui empestait l'encens et les fleurs mortes et il l'embrassait.

Les garçons du village appelaient le nouveau venu « Chico Diabo » et se liguaient sans cesse pour l'attaquer : il lui suffisait de les regarder en face pour qu'ils reculent.

Son unique ami était un garçon noir, Pepeu, qu'il tenait sous sa domination. Ensemble ils plumaient les pinsons vivants, tentaient certaines expériences avec la chair des pastèques et criaient des obscénités aux filles qui lavaient des tripes dans le fleuve.

Une fois ils essayèrent de crucifier un chat, mais celui-ci réussit à s'enfuir.

Les jours de marché, ils descendaient à l'abattoir où de vieilles mégères disputaient de la charogne à des chiens errants. Les bouchers portaient des casquettes rouges et des pantalons de nankin bleu constamment empourprés et pataugeaient dans le sang en fumant le cigare et en assommant à coups de merlin tous les animaux encore debout.

Les vaches regardaient fixement leurs assassins sans manifester de surprise.

– Comme les saints, remarqua Francisco Manoel.

Il connaissait, beaucoup mieux que le prêtre, la signification du martyre du Christ et la liturgie des épines, du sang et des clous. Il savait que Dieu avait créé les hommes pour les torturer dans le désert, mais ses propres souffrances l'avaient rendu insensible à celles des autres. A l'âge de treize ans, il portait à la ceinture un couteau à manche d'agate, se taillait très soigneusement la moustache et ne montrait pas la moindre trace de sensiblerie lorsqu'il allait assister à une flagellation au pilori.

Chaque année au mois d'octobre, alors que les noix de cajou mûrissaient sous les dernières pluies, les vaqueiros des fazendas éloignées rassemblaient leurs troupeaux et commençaient une longue randonnée vers le sud et les marchés de Bahia. Des colonnes de bétail convergeaient vers la ville. C'étaient des animaux pesants aux fanons pendillants, aux robes couleur de farine de maïs, et les cavaliers tournaient autour dans un nuage de poussière en poussant des cris aigus : « E... Hou... Hé... Hé... O... O... O... O...! »

Parfois, dans la rue menant au fleuve, une

vache fatiguée se couchait et les autres vaches s'écartaient pour l'éviter, brisant les barrières et piétinant les carrés de haricots des villageois. Les femmes sortaient précipitamment de leur maison et menaçaient du poing les vaqueiros qui n'en avaient cure : les éleveurs de bétail ne semblaient jamais prêter attention aux jardins.

Francisco Manoel aimait les aider à hisser les animaux à bord des bachots. La nuit venue, il écoutait leurs histoires de bandits et de pumas. Mais lorsqu'il demandait s'il pouvait les suivre, il se trouvait toujours quelqu'un pour dire : « Le garçon est trop jeune » et il retournait vers son lit dur et le crucifix désapprobateur.

***

Il était décidé à s'enfuir lorsqu'un cavalier arrivé au village lui apprit que le vieux compagnon de sa mère se mourait dans une fazenda à quelques lieues de là dans la brousse.

A l'extérieur de la cabane un étalon alezan mâchonnait le poteau d'attache. Il écarta la peau de vache qui faisait office de porte et vit une silhouette ratatinée allongée sur une paillasse. Des croûtes pustuleuses lui couvraient le visage et ses yeux étaient fermés.

Faiblement, Manuelzinho lui désigna sa selle, sa cravache, un gilet d'ocelot, un imperméable en peau de boa et un chapeau de cuir orné des médaillons métalliques cousus.

– Prends-les, dit-il.

Le garçon partit avec des cavaliers qui passaient. Il ne dit pas au revoir au prêtre. Et jamais ne revint.

***

Pendant les sept années qui suivirent, il erra à travers l'arrière-pays du Nord-Est, exerçant divers métiers occasionnels, apprenti boucher, muletier, conducteur de bestiaux et orpailleur. Parfois lui venaient de fugitifs instants de bonheur, mais uniquement quand s'approchait le moment du départ.

Les tempêtes de poussière lui polirent la peau. Ses vêtements s'imprégnèrent d'une odeur de lait aigre et de chevaux. Lorsque la sécheresse lui déchirait la gorge, il se calmait avec une tisane de queue de serpent à sonnette.

Il oubliait les visages, mais se rappelait les sensations : le goût de la chair du tatou rôti dans la glaise; le choc de l'aguardiente sur la langue; le plaisir de sentir le sang chaud gicler sur ses mains ou celui d'uriner le long de la patte de son cheval.

Il vivait dans des villages indiens. Il accompagnait des gitans qui vendaient de mauvais esclaves et des scapulaires de saint Antoine. Durant une saison, il lava du gravier, travaillant épaule contre épaule avec des Noirs dans une exploitation de diamants. Il s'étonna de trouver leur puanteur si excitante; il comparait leurs fronts sans ride à la bataille qui faisait rage à l'intérieur du sien.

Il se savait courageux. Un soir, un visage indistinct rougeoya dans la lumière du feu : il fut surpris de l'aisance avec laquelle son couteau glissa dans le ventre de l'homme. Une autre fois, alors qu'il bivouaquait sur le Raso da Catarina, il partagea sa ration de viande avec un coureur de brousse aux vêtements de soie verte rapiécés et aux doigts chargés d'anneaux d'or. L'homme parcourait dix-huit lieues par jour, pieds nus dans les cactus :

– Je ne fais confiance à personne, lui dit-il. Pourquoi ferais-je confiance à un cheval?

Ce ne fut que plusieurs mois plus tard que Francisco Manoel se rendit compte qu'il avait eu affaire au bandit Cobra Verde qui ne dévalisait que les femmes riches et ne prenait que leurs bijoux.

Et lui aussi se voyait poursuivre éternellement ses vagabondages, mais un jour de l'année 1807, celui de la Santa Luzia, un jour gris et étouffant qui portait des promesses de pluies, les voyages sans but prirent fin.

*
* *

Il traversait le village de Uauá lorsque la fille du potier sortit précipitamment de chez elle, son tablier plein d'oranges vertes. Une semaine plus tard il lui apporta quelques colifichets : un mois plus tard ils se mariaient.

Il trouva du travail dans une fazenda proche. Ses patrons étaient une famille de propriétaires absentéistes, les Coutinho, qui avaient pratiqué l'élevage dans le Sertão pendant deux siècles, mais qui vivaient maintenant sur leur plantation de canne à sucre près de la mer.

Il apprit les équations de l'herbe et de l'eau, le vol des oiseaux autour d'une vache blessée ou la présence d'une source souterraine. A des lieues à la ronde il pouvait reconnaître les marques de tous ses voisins : on mettait un point d'honneur à rapporter un animal perdu aussi loin qu'il ait pu s'égarer.

Près de là, le long du fleuve, de pauvres

métayers exploitaient des champs de coton. Connaissant son sang-froid et son habileté, ils venaient le voir lorsqu'on les trompait et il contraignait les propriétaires à reconnaître leurs comptes truqués et à payer. Mais lorsque les métayers revenaient avec gratitude lui apporter d'humbles présents, un goût amer lui montait à la gorge et il les repoussait.

Les Coutinho ne payaient pas de gages, mais à chaque rassemblement du troupeau les vachers avaient droit à un veau sur quatre.

Pendant deux ans, il vendit ses animaux, préférant l'argent dans sa poche à la richesse sur pied. Mais, au début de la troisième saison, il commanda un fer à marquer au forgeron et se mit à « humaniser » ses biens.

Il enferma de jeunes taureaux dans un corral, leur ligota les pattes, les attacha à un poteau de bois. Il leur coupa les testicules et leur scia l'extrémité des cornes. Ils bavaient et gémissaient lorsque le fer grésillait dans leur flanc; il avait plaisir à enduire de suif chaud ses propres initiales.

Il aimait sa maison simple, ses calebasses et ses cantaloups sous l'auvent, ses murs ocre qui absorbaient le soleil. Après les dures journées de travail il décrochait sa guitare et jouait les vieilles chansons des Bandeirantes.

Sa femme s'habillait toujours en rose. Elle savait coudre, cultiver les légumes, cuisiner et presser le manioc pour en extraire le jus empoisonné. Mais ses gestes étaient raides et mécaniques. Pour elle, faire l'amour n'avait pas plus de sens que de balayer le sol. Derrière son éblouissante rangée de dents, les mots se figeaient dans sa gorge. Ses yeux brillaient de convoitise si elle désirait quelque chose ou s'assombrissaient quand elle avait peur. Le plus souvent elle restait assise, à caresser un chat orange, le regard perdu dans le vague.

Elle s'éveillait la nuit et hurlait : « Père! Père! » Deux fois par semaine elle partait voir le potier et en revenait les bras rouges d'argile jusqu'au coude.

La vie commune mettait à rude épreuve les nerfs de Francisco Manoel. La vue de ce sourire vide le rendait pâle de colère et il lui prenait l'envie d'enfoncer ses doigts dans la gorge de sa femme. Il prit l'habitude de dormir dehors à la dure, dans l'espoir de retrouver son équilibre sous les étoiles.

*
* *

Il se réveilla un matin à l'aube sur un coin de sol rocheux et, en jetant un regard furtif de côté, fut surpris de voir, si loin de l'eau, une grenouille verte accroupie sous la branche d'un cactus. Son dos avait la couleur de l'herbe nouvelle, son ventre était mauve et, lorsqu'elle avançait, des taches orange et turquoise flamboyaient sous ses pattes.

Il la piqua du bout d'un bâton. L'animal se raidit de peur. Il observa ses yeux passer de l'argent au violet. Il prit une pierre et réduisit l'animal en une bouillie sanguinolente, puis, pendant une semaine entière, il regretta son geste.

Sa femme attendait un enfant.

Les femmes du village vinrent apporter leurs conseils, des bouquets de rue odorante pour éloigner les sorcières et un crucifix qu'il fallait placer sous le matelas. Mais la perspective d'assister à la naissance le dégoûtait. Il trouva une excuse pour partir en voyage et, plus tard, ne put jamais croire que l'enfant qui enroulait ses doigts autour du sien était sa propre fille.

Un après-midi, seul dans la maison, il cousait une pièce sur un harnais de cuir. La pluie claquait sur les tuiles et creusait des rigoles sinueuses dans le sol. De temps à autre, il levait les yeux pour observer à travers les vitres les nuages noirs qui défilaient. Soudain le chat vint s'asseoir sur le rebord de la fenêtre.

Il continua à coudre, mais le chat regardait fixement dans sa direction. Lorsqu'il se mit à miauler, il crut qu'un scalpel lui tailladait l'intérieur du crâne. L'animal fit un bond et commença à aiguiser ses griffes sur son pantalon. Il frissonna lorsque le chat frotta sa tête contre son mollet. D'une main il attrapa l'animal, de l'autre un couteau.

Sur ses mains le sang était chaud et poisseux. Il essuya les gouttes sombres qui se coagulaient sur le sol. Il posa le chat en travers de sa selle et partit s'en débarrasser. Puis il resta pendant des heures, désespérément seul, sous les trombes d'eau.

La femme chercha le chat, mais bientôt l'oublia.

Un soir, elle déposa le bébé dans son berceau et, plaçant une jarre d'eau sur sa tête, sortit la remplir à la citerne. Il regarda partir les deux formes ondulantes qui s'éloignaient dans un coucher de soleil orange, le long d'une allée bordée d'agaves. Il resta assis à savourer le silence, puis se mit à gratter quelques notes sur sa guitare. Le bébé pleura. Il s'arrêta de jouer et le bébé cessa ses cris. Mais lorsqu'il toucha les cordes de nouveau, les pleurs redoublèrent.

Il maintint la guitare au-dessus du berceau, attendit le bruit du bois qui éclate, puis se ressaisit et brisa l'instrument sur son genou.

Il était parti avant le retour de la femme.

*
* *

Il retourna à ses errances solitaires. Croyant voir une tombe ou un piège dans tout assemblage de quatre murs, il préférait parcourir les plus désolés des grands espaces.

Il franchit des vallées couvertes de poussière blanche où des hommes en blanc creusaient le sol à la recherche de tubercules. Il se nourrissait de bœuf desséché au soleil, de fruits secs et de miel sauvage; quant à l'eau, il l'obtenait en pressant le jus des racines d'umbu.

Parfois il y avait de l'eau, mais pas d'herbe, seulement des joncs piquants et les chevaux tombaient d'inanition. Les voyages étaient interminables et les horizons vides; le bruit des sabots sur les éclats de silice, le craquement des branches mortes, le claquement du tonnerre d'orages sans pluie, le cri aigu d'un vautour, tout ce qui rompait le silence était plus triste que le silence.

Et lorsqu'il allait dans les villes, les bruits

l'oppressaient – les danses, la musique, les conversations enjouées et les rires – et, accroupi sur ses talons, il vidait une bouteille à grands traits.

Le soir, en passant devant les maisons, il jetait un coup d'œil dans les pièces éclairées où des pères s'amusaient avec leurs enfants, des hommes jouaient aux cartes et des femmes souriaient en se tressant des nattes. Il enviait ces simples plaisirs de contact et de confiance, mais dès qu'une femme apercevait les yeux verts qui brillaient dans l'obscurité, elle fermait les volets et des rais de lumière se glissaient à travers les contrevents et venaient zébrer son visage.

* * *

Une année, pendant le carême, il traversa le Monte Santo, la montagne sacrée où un père capucin, Apollonio de Todi, découvrit de mystérieuses lettres gravées dans la pierre.

Venus de tout le Sertão, des pèlerins en haillons bleu ciel escaladaient la *via sacra* de quartz blanc. Là-haut, dans la chapelle élevée au sommet, la Vierge, chaque Vendredi saint, versait des larmes de sang.

Il entendit leurs litanies. Et leurs cris lorsqu'ils

se flagellaient avec des orties. Il les regarda se traîner sur les genoux pendant les six kilomètres du sentier qui devenait de plus en plus rouge au fur et à mesure qu'ils se rapprochaient du but.

Il désirait ardemment se livrer à de semblables actes de mortification ou simplement se débarrasser de son fardeau. Il contemplait pendant des heures les croix au bord du chemin. Il ne traversait jamais un village sans descendre de cheval et assister à la prière des fidèles, mais ne put jamais se joindre à eux.

Une fois à Jeremoabo, il s'arrêta pour s'entretenir avec des femmes qui disposaient des lis sur l'autel. Le marguillier, un jeune métis dont les jambes n'étaient que des os couverts de peau, se déplaçait dans un chariot à roues de bois et se retournait sans cesse comme si quelqu'un, la mort sans doute, allait le saisir par-derrière. Il présenta son visiteur à ses compagnons : santa Rosario dans son habit de dentelle verte, les saints Theatriel, Uriel et Barakiel, saint Moïse le Noir avec son pied sur la trachée artère du pharaon ou saint Antoine de Padoue dont l'image torturée apparaissait aux esclaves fugitifs et leur disait de rentrer chez eux.

L'infirme s'avança dans l'aile de l'église, déverrouilla le coffre sous l'autel et déroula le linceul de velours noir qui recouvrait le cadavre du Christ.

Le corps était blanc et lisse, le ventre ferme et les paumes s'ouvraient vers l'extérieur dans une position désarticulée. Une chevelure noire, gracieuse comme celle d'une jeune fille, tombait en tresses sur ses épaules. De la peinture rouge giclait de la blessure de lance et des croûtes vermillon couronnaient ses genoux.

« Mort! », sanglota l'infirme, et les larmes jaillirent, roulèrent sur ses joues, ruisselèrent sur ses jambes détruites avant de tomber sur les planches du chariot.

Francisco Manoel posa sa main sur l'épaule bossue. Sa bouche se tordit et, tout à coup, lui aussi fondit en larmes.

Une soutane passa dans un bruissement.

Il bondit vers la porte.

***

Il n'avait pas pleuré depuis la mort de sa mère; les larmes le soulagèrent de son chagrin. La crainte de devenir un tueur le quitta. Il se mit à boire dans les bars, à rire et à jouer aux cartes, bien qu'il se méfiât toujours de lui-même face à une femme.

Ses pérégrinations l'entraînèrent vers les villes de la côte.

Dans le Sud, il descendit jusqu'à Tucano, là où les cactus devenaient chétifs et où commençaient les grands arbres : son vieux patron, le colonel Octavio Coutinho, y possédait une usine de viande séchée. Là, comme pour se purger dans le sang, il travailla avec les bouchers et les saleurs et étendit les pièces de viande sur des fils de cuivre. Les chaudières à graisse recouvraient la ville d'un voile de fumée. Des hommes sains mouraient de fièvre et les survivants buvaient.

De temps en temps, des caravanes venaient de la côte acheter de la viande pour les esclaves des domaines sucriers. Un soir de janvier l'héritier du colonel vint lui-même prendre livraison d'un chargement pour la plantation familiale de Tapuitapera; on l'avait envoyé accompagner les muletiers pour qu'il s'endurcisse.

Joaquim Coutinho avait des yeux noirs fatigués qui larmoyaient dans le vent. Ses vêtements étaient duvetés de poussière. Ses fesses le mettaient au supplice – il n'était pas habitué à ces longs voyages à cheval – et les serviteurs esclaves ricanaient en le voyant descendre de sa monture.

Cette nuit, lui et l'homme de l'arrière-pays se lièrent d'une amitié qui ne pouvait s'expliquer que par l'attraction des contraires. Le jour suivant, une fois les paniers de bât chargés et les muletiers prêts à repartir, Joaquim annonça qu'il désirait rester.

Francisco Manoel lui apprit à attraper les bouvillons au lasso, à tresser des fouets de cuir brut, à dresser les poulains, à rattraper à cheval les nandous et à les chasser à la fronde. Mais, en retour, il pouvait, sans dire un mot, écouter Joaquim parler sans fin de ses ancêtres, de ses latifundia, et de la tour de Tapuitapera vieille de deux cents ans.

Un jour, Joaquim lui dit : « Tu devrais venir avec moi sur la côte. »

Il eut un mouvement de recul : il était secrètement effrayé à la pensée de poser ses yeux sur la mer.

Puis il répondit : « Oui. »

***

Tapuitapera, qui devait son nom à un rocher sur lequel les Indiens Tapuya aiguisaient jadis leurs haches, était une bosse de grès rouge à quelque cent dix kilomètres au nord de Bahia et à cinq kilomètres d'une plage de sable fin. Au sommet de la colline, à moitié cachée par des arbres chatoyants, on distinguait une ombre massive et noire.

La mer était toujours bleue et parsemée de voiles de pirogues à balancier; les brises de terre frémissaient dans les manguiers et les anacardiers.

La maison des Coutinho avait des fenêtres à claire-voie et des murs de stuc rose. Des rideaux de satin vert bruissaient dans les appartements décorés de fleurs au pochoir. Sur la véranda, il y avait des volières de pinsons chanteurs; et dans la salle à manger, des vases bleus de porcelaine vernissée, des pilastres dorés et des panneaux couleur de lapis-lazuli.

Des senteurs de roses et de lys flottaient dans tout le jardin. Des colibris aspiraient le nectar des chèvrefeuilles écarlates. Des papillons morphos voletaient sur les belles-de-jour et, le soir venu, dans une loggia chinoise, des choristes noirs en culottes de velours et en jabots de dentelle chantaient le *Stabat Mater* de Pergolèse.

Francisco Manoel crut être tombé au paradis.

***

Le colonel lui fit bon accueil pour l'influence bénéfique qu'il avait sur son fils, le considéra comme un membre de la famille et lui confia la charge de ses écuries.

Le colonel était une magnifique épave.

Dans sa jeunesse, la pensée des horizons que son bétail ne peuplait pas l'avait rendu frénétique et il avait agrandi ses fazendas jusque dans les étendues vides et vastes du Maranhão où les chevaux s'enfonçaient jusqu'au garrot et où ses vachers mouraient de gangrène anale. Une carte sur parchemin de son empire était toujours accrochée dans son bureau. Mais sa table de travail regorgeait de doubles de lettres réclamant des loyers impayés et il ne se passait guère de mois sans qu'on apprît qu'un fermier de l'arrière-pays avait annexé son exploitation.

Cinquante années de nourriture pimentée et de galop avaient enflammé ses hémorroïdes à un tel point qu'il ne pouvait plus bouger de son hamac ni pour prendre ses repas, ni pour dormir, ni pour aller à la selle, ni pour prier, ni pour jouer aux cartes avec son aumônier. Son seul plaisir était de se faire laver la tête par une jolie métisse qui passait les doigts dans ses mèches raides comme pour enlever les premières feuilles d'un chou.

Francisco Manoel s'évertuait à le mettre de bonne humeur. Pour les repas il revêtait un costume blanc fraîchement lavé. Il prenait soin de perdre une partie de jaquet sur deux et écoutait avec attention ses histoires de tueries d'Indiens.

Les deux jeunes amis élevaient des coqs de combat et dressaient une meute de chiens pour la chasse au cabiai en forêt. De retour de leurs expéditions, tout excités par la poursuite, ils faisaient signe aux sœurs de Joaquim vautrées dans des hamacs de plume, pour les inciter à se lever, ou donnaient des tranches de pomme cannelle à leurs ouistitis apprivoisés.

Les jours de pluie, ils exploraient la tour, un lugubre colosse de granit construit en 1602 par Francisco Coutinho Ier dont on retrouvait le visage buriné dans la galerie des portraits.

Ou bien ils feuilletaient les volumes de la bibliothèque à la recherche de gravures des villes européennes, ou alors ils visitaient les pièces où s'entassaient en désordre des objets précieux, des verres de Venise, de l'argent de Potosi, du cristal et du cinabre, des cabinets de laque noire sertis de nacre.

Francisco Manoel ne pouvait s'expliquer ce qu'il voyait. Il n'avait jamais imaginé posséder plus que ses couteaux et quelques parures d'argent pour son cheval. Désormais il ne connut plus de limite à sa soif de possession.

***

En mars revint le temps de la récolte. Les collines et les vallées étincelaient de l'argent des barbes de canne à sucre et, de la maison, on voyait des rangées de dos noirs et l'éclat des machettes. Les Noirs hachaient le mur de tiges jaunes deux fois plus haut qu'eux. Les feuilles leur lacéraient la peau et, l'après-midi, le sang mêlé à la sueur et au jus de canne attirait des nuées de mouches.

La raffinerie exhalait une forte odeur de mélasse. Les citernes bouillonnaient. Des couples de bœufs sous le joug faisaient tourner les rouleaux du pressoir tandis que des esclaves aux veines du cou saillantes venaient l'alimenter en titubant, courbés sous le poids des gerbes.

Un après-midi, un homme eut la main prise dans les rouleaux et le surveillant dut la trancher à la hauteur du poignet. Alors qu'on l'emportait vers sa case, ses hurlements réduisirent la vallée au silence. Le surveillant leva les épaules et dit : « Que ça ne se renouvelle pas! »

Lorsque la cloche sonnait les six heures, les esclaves abandonnaient leurs outils et montaient péniblement à la chapelle pour y dire leur prière du soir à la Vierge. Ils passaient en file indienne devant le colonel en ôtant leur chapeau. Des voix épaisses, enrouées, répétaient son « *Boa Noite!* » à l'unisson.

La chapelle était dédiée à Nossa Senhora da Conceição et, sur l'autel, se trouvait l'oratoire portatif figurant la Cène qui devait finir ses jours à Ouidah. Les religieuses qui l'avaient fabriqué s'étaient servies de la salle à manger du manoir des Coutinho comme modèle. Pour quelque obscure raison, Francisco Manoel désirait le posséder plus qu'aucun autre objet qu'il avait pu voir.

***

Une nuit, étendu sur son lit sans trouver le sommeil, il entendit des roulements de tambour dans les collines.

Il s'habilla et, guidé par le bruit, atteignit une clairière dans la forêt où quelques esclaves appelaient leurs dieux à travers l'Atlantique. Les danseurs portaient des masques de fer-blanc et des robes blanches qui brillaient d'une lueur orange dans la lumière du feu. Ils tourbillonnaient sans arrêt jusqu'à ce qu'Exu, le messager, vienne les frapper entre les omoplates. Puis, un par un, ils se mettaient à frissonner et émettaient des grognements. Leurs genoux les lâchaient et ils tombaient sur le sol, en transe.

Leur prêtre, un affranchi Yorouba du nom de Jerónimo, était un adorateur de Yemanja, la déesse de la mer, et dormait près d'une image sculptée qui la représentait en sirène, dans une pièce débordante de coraux et de coupes remplies d'eau de mer.

Rien ne procurait autant de plaisir à Francisco Manoel que de s'asseoir aux côtés de ce célibataire androgyne et de l'écouter chanter les chansons du royaume de Ketou d'une voix qui évoquait moins le gouffre séparant les continents que l'espace interplanétaire.

Jerónimo lui montra l'arbre loko, consacré à saint François d'Assise, dont les racines contorsionnées s'étendaient sous l'océan jusqu'à Itu-Aiyé, l'Afrique, la demeure des dieux. Parfois un esclave de la plantation entendait ses ancêtres l'appeler par l'intermédiaire de ces feuilles caoutchouteuses. La nuit il se glissait dans les branches et, au matin, on retrouvait le corps qui pendait.

Jerónimo lui parlait de palais en pisé, tapissés de crânes, de tribus échangeant de la poudre d'or contre du tabac, du serpent sacré qui était aussi un arc-en-ciel, et des rois aux testicules gros comme des avocats.

Le nom « Dahomey » prit racine dans son imagination.

***

Vint pour lui le moment de quitter Tapuitapera.

Le colonel, malade, était devenu atrabilaire et Joaquim s'ennuyait en sa compagnie. Dans la conversation, il abordait délibérément des sujets qui le dépassaient, uniquement pour s'arrêter au beau milieu et dire : « Pourquoi est-ce que je te raconte ça ? »

Sa mère, Dona Epiphania, n'aimait pas voir son fils fréquenter des inférieurs et prenait ses repas seule. C'était une grosse femme couperosée, avec une ombre noire sur la lèvre supérieure et des dents réduites à de minces chicots bruns. Elle conservait toujours un fouet à manche d'argent dans son panier à broderie et, assise sur une natte de roseau, elle échafaudait des plans pour se venger des maîtresses de son mari pendant qu'une esclave agitait l'air avec une branche feuillue.

Elle appelait Francisco Manoel « le mignon ».

Quand il arriva dans la maison pour la première fois, les sœurs de Joaquim lui envoyèrent des baisers et lui adressèrent des messages d'amour dans le langage de l'éventail. Mais bientôt leur mère les encouragea à railler ses points faibles. Elles imitèrent son accent, se moquèrent de ses efforts pour tenir une conversation et hurlaient de rire lorsqu'il se servait d'un couteau et d'une fourchette. Chaque fois qu'il s'accroupissait sur ses talons, elles lui disaient : « Nous avons des chaises, vous savez. » Souvent quand il entrait dans une pièce, elles s'écriaient : « Vite! Vite! C'est la brute! » et elles sortaient précipitamment dans un froufrou de taffetas.

Un soir Joaquim lui dit que son père avait eu une attaque et que Dona Epiphania insistait pour qu'il quittât la maison.

Leurs yeux se croisèrent.

Francisco Manoel rougit de colère, mais vit qu'il était inutile de discuter et inclina la tête.

***

Il alla à Bahia.

Il erra dans la ville de Tous les Saints, vêtu d'une veste de velours noir achetée sur le mannequin d'un tailleur et qui aurait fait une excellente tenue de suicide. La lessive qui claquait au vent lui frôlait le visage. Des gamines des rues l'embrassaient sur les lèvres pendant que leurs doigts lui fouillaient les poches. Ses pieds glissaient sur des pelures de fruits pourris et des bouffées de nuages blancs passaient au-dessus des clochers à tours.

Il descendit les pavés du Pelourinho pour regarder les garçons des faubourgs se livrer à des assauts de lutte fictive. Le « beau chien du Nord » était un caniche teint en bleu qui jouait aux cartes et, la nuit tombée, on trouvait toujours une excuse pour tirer des feux d'artifice.

Sa principale distraction consistait à se joindre aux cortèges funèbres. Un jour il suivait un catafalque noir incrusté de crânes dorés, le lendemain, le cercueil bleu ciel d'un enfant mort-né ou un cadavre gris enveloppé dans un linceul en feuilles de bananiers.

Il logeait dans un appartement ouvrier de la ville basse et trouva du travail chez un homme qui vendait du matériel d'esclavage, des fouets, des martinets, des jougs, des chaînes, des fers à marquer et des masques de métal; la boutique lui rappelait les échoppes des bourreliers de l'arrière-pays.

Ses yeux verts le rendirent célèbre dans le quartier. Chaque fois qu'il se montrait dans une artère fréquentée, il se trouvait toujours quelqu'un pour s'arrêter. Avec des partenaires d'un sexe ou de l'autre, il accomplissait mécaniquement les gestes de l'amour dans des réduits en planches. Tous le quittaient avec la sensation d'avoir frôlé la mort; pas un ne revint une seconde fois.

Les traits de son visage acquirent leur forme définitive.

Son sourcil droit, perché plus haut que le gauche, lui donnait l'air d'un homme étonné de se retrouver dans un asile de fous. Sa moustache frisait de chaque côté de sa bouche humide et sensuelle. Pendant des années il avait gardé les lèvres pincées, en partie pour leur éviter de se crevasser à la chaleur : à présent il les laissait pendre, comme s'il voulait montrer que tout était permis. Il n'était plus en butte à des accès de colère, mais il n'en allait pas de même du remords. Il désirait aller en Afrique, mais ne parvenait pas à prendre de décision consciente.

Chaque fois qu'un navire en provenance de la Guinée s'amarrait en face du fort de São Marcello, il arpentait les quais aux esclaves et regardait les nègres que l'on amenait à terre en barque. Des négociants venus de toutes les provinces du pays se frayaient un chemin à coups de coude, criant à s'enrouer la voix dès qu'ils identifiaient les marques de leurs expéditeurs. Ils calculaient le nombre des morts, puis rassemblaient les survivants, les faisaient courir, sauter, porter des poids et souffler pour vérifier le bon état de leurs poumons.

Le rebut était vendu bon marché aux gitans.

Francisco Manoel se lia d'amitié avec un des marchands d'esclaves gitans qui lui apprit quelques trucs de son métier : comment cacher une dysenterie hémorragique avec un tampon d'étoupe ou une maladie de peau avec de l'huile de ricin.

Mais lorsqu'il parlait aux anciens d'Afrique, tous frissonnaient à la seule évocation du Dahomey.

***

Un après-midi de décembre, n'ayant rien de mieux à faire, il aida quelques voyous qu'on avait soudoyés à pendre une effigie empaillée du consul britannique : quatre ans plus tôt, le Parlement britannique avait voté la loi abolissant l'esclavage, mais ce n'était qu'au cours des derniers mois que la Royal Navy avait commencé à s'emparer des navires négriers brésiliens.

L'excitation grandit dans la foule qui devint

enragée et, lorsqu'un peloton de miliciens la dispersa, elle s'en prit à un marin écossais et le jeta dans le port. Le souvenir le plus fort que Francisco Manoel conserva de Bahia fut peut-être celui de ce moment où, penché sur la balustrade, il regardait la tête rouge s'agitant dans l'eau au milieu d'un entrecroisement de mâts et d'épars.

Quinze jours plus tard, il buvait un verre de jus de limette près du marché aux esclaves de la Rua dos Matozinhos lorsqu'un jeune de Benguela, qui faisait partie des lots mis en vente, s'enfuit au milieu des enchères. Alors que les commis se lançaient à la poursuite du fugitif, Joaquim Coutinho qui était parmi les acheteurs repéra son vieil ami et lui frappa sur l'épaule.

Ils renouèrent le cours de leur amitié : en fait chaque fois que Joaquim venait en ville, ils passaient une soirée ensemble et une nuit avec les prostituées.

Au cours d'une de ces visites, il lui annonça que le colonel était mort, laissant les affaires de la famille en bien mauvais état et contraignant Dona Epiphania à vendre ses diamants. Dans l'espoir de recouvrer sa fortune, il était entré dans un syndicat d'officiers de l'armée dont le but était d'accaparer le marché du bœuf séché et d'investir les bénéfices dans des vaisseaux négriers plus rapides.

Les esclaves les plus réputés venaient de Ouidah – et Ouidah, selon les termes du traité que le prince régent avait passé avec l'Angleterre, était le seul port au nord de l'équateur où pouvait s'exercer légalement le commerce négrier; le seul problème était le roi du Dahomey, qui était fou.

Francisco Manoel fit clairement voir qu'il avait une idée des plus nébuleuses sur l'endroit où se trouvait le Dahomey.

– Tu devrais y aller, lui dit Joaquim. Comme ça tu l'apprendrais vite.

* * *

Trois semaines plus tard Francisco Manoel se retrouva dans une salle de la capitainerie, dans laquelle les pères fondateurs de la cité jetaient un regard interrogateur du haut de leur panneau sombre; les associés de Joaquim étaient assis autour d'une table.

Un homme aux épaulettes d'or et à l'écharpe rouge se leva, fit pivoter un globe terrestre, désigna du doigt le fort Saint-Jean-Baptiste de Ouidah et éleva le candidat au grade de lieutenant. La nomination ne s'accompagnait d'aucun salaire, mais comprenait la fourniture de deux uniformes gratuits, un passage pour l'Afrique et l'autorisation de se livrer au commerce d'esclaves. Aucun des officiers ne savait ce qu'il était advenu du gouverneur du fort et de sa garnison. A la fin de l'entrevue, chacun se leva pour féliciter cet homme qui ne serait bientôt plus qu'un cadavre.

Pour sa dernière nuit à terre, le brick négrier *Pistola* étant chargé et prêt à lever l'ancre, il alla assister à une messe à l'hospice de Boa Viagem.

L'église était éclairée par une double rangée de lustres de cristal et les murs étaient couverts de tuiles bleues et blanches sur lesquelles on avait peint des galions jetés sur les rochers, submergés par les vagues, attaqués par des monstres ou pris sous le feu des canons, mais toujours sauvés par la Vierge qui, dans un halo, survolait les bateaux à la pointe des mâts.

Le capitaine et les marins étaient assis sur les bancs de devant.

Tous ces hommes avaient du sang sur les mains, mais tous contemplaient avec des yeux ardents le corps laiteux de Notre Seigneur, identifiant ses souffrances avec les leurs et faisant appel à lui pour apaiser la mer.

Le prêtre récita une courte prière au patron des négriers, saint José le Rédimé, et une plus longue pour les âmes des frères noirs qui seraient rachetés pour être ramenés au bercail chrétien. Des réponses nasillardes s'élevèrent jusqu'au toit où le prophète Elie poursuivait son voyage en char vers le Tout-Puissant dans des volutes de fumée et de flammes.

Des cierges étincelaient sur l'autel et la lumière vacillait sur les ailes dorées des anges.

Depuis son siège au fond de l'église, Francisco Manoel vit le prêtre présenter le ciboire et l'équipage s'avancer humblement vers lui en file indienne : « *Corpus Domini Nostrum Jesum Christum... Corpus Domini Nostrum...* »

Sans une seconde de réflexion, il se joignit à eux, concluant un traité avec la main aux poignets de dentelle et laissant l'hostie s'humidifier sur le bout de sa langue.

Dehors, l'orage s'était calmé. Des étoiles se contractaient et se dilataient dans le bleu de l'espace. Au-dessus de l'île d'Itaparica les éclairs faisaient apparaître la silhouette des vergues du navire dans la passe.

La messe s'acheva et devant l'église les marins dressèrent la perruche d'artimon en la tenant par ses points d'amure et d'écoute. Le chœur chanta un motet et la chasuble dorée du prêtre se détacha des anges et s'avança lentement le long du bas-côté.

Le cortège franchit les portes vertes.

Des garçons en soutane violette portaient une croix d'argent, un bénitier et un goupillon de palmes.

Des gouttes d'eau bénite dégoulinèrent sur la voile.

« Bénis, Ô Seigneur, ce navire, *Pistola,* et tous ceux qu'il va emporter. Soutiens-le comme tu as soutenu l'arche de Noé au-dessus des eaux du Déluge. Tends-leur la main comme tu l'as tendue à l'apôtre Pierre lorsqu'il marcha sur les eaux de la mer... »

4

Il débarqua à Ouidah un sombre après-midi de mai, entre deux et trois heures, dans une odeur de palétuviers et de poissons morts. Une bande d'écume s'étendait aussi loin que le regard pouvait porter. A l'intérieur des terres se profilaient de grands arbres gris qu'à cinq kilomètres de distance n'importe qui aurait pris pour des trombes d'eau. Il était le seul passager de la pirogue. L'équipage se gardait bien de mettre les pieds dans le royaume du Dahomey.

Au début de la traversée, il avait contemplé le nouvel élément avec la terreur naïve d'un terrien. Il vit des nigauds. Il vit des flottilles de méduses, des rubans de varech, les couleurs prismatiques sur le dos des thons et des albacores et, la nuit venue, la pâle incandescence de la houache phosphorescente.

Puis, lorsque le navire entra dans les calmes

du Cancer, les voiles se mirent à pendre mollement; des nageoires de requins tournoyaient dans une mer d'huile; chacun perdit son sang-froid, et le second brisa la dent d'un matelot avec un poinçon à épisser.

Une lourde pluie rouge s'écrasait sur le pont le jour où ils arrivèrent en vue de la côte africaine et un criquet s'empêtra dans le gréement. Lors de sa dernière nuit à bord, Francisco Manoel se réveilla couché dans son vomi : le navire avait échappé de peu à la tornade qui recouvrit le rivage de poissons morts.

Il écarta du revers de la main les kroumans qui l'aidaient à descendre de la pirogue. Il refusa de graisser la patte du féticheur. Il refusa qu'on le transporte pour franchir les eaux du lagon et c'est les cuisses enduites d'une vase noire qu'il monta à grandes enjambées le sentier qui menait à l'Arbre des Capitaines.

A l'ombre d'un ficus décrépit l'attendaient quelques subordonnés du Yovogan, le ministre dahoméen du commerce des esclaves. Des carafes de bordeaux, de madère, de rhum et de vin de palme distillé étaient posées sur une table de jeu dont la plus grande partie du tapis manquait.

Ils lui portèrent des toasts et les soldats tirèrent des coups de mousquets en l'air. Un eunuque royal, avec des cornes d'argent sur les tempes, inclina la tête, demanda quels étaient les cadeaux qu'il avait apportés du Brésil, et resta bouche bée quand il entendit la réponse : « Aucun! »

Une palabre s'ensuivit et chacun sembla dans des dispositions assez bienveillantes, mais lorsqu'il atteignit le fort, il trouva l'endroit en ruine.

La hampe du drapeau était cassée, les armes royales dégradées. Les murs noirs de suie n'avaient plus de toit. Les volets avaient été arrachés de leurs gonds et les canons, sortis de leur emplacement, s'enfonçaient dans l'épaisseur des murs de torchis.

Quand il entra dans la cour, des vautours s'envolèrent dans un grand bruit d'ailes. Un cochon déchiquetait une pelure de jaque. Un chien leva la patte contre un arbre et se mit à hurler.

Par la porte de la chapelle sortit un personnage dégingandé, coiffé d'un shako de tambour-major et drapé dans les restes d'un tapis turc. L'homme, grêlé de petite vérole, regarda le nouveau venu en clignant des yeux, puis retroussa les lèvres dans un mouvement qui découvrit une denture jaune et branlante et poussa un cri de joie : « Que la mère de Jésus-

Christ et tous les saints soient loués! » D'un bond il vint tripoter l'apparition et s'assurer qu'elle était bien réelle.

Taparica, le tambour, était le seul survivant de la garnison.

Cet affranchi Yorouba, qui s'était engagé dans le Premier Régiment de la Milice noire, raconta sa triste histoire avec les intonations mélodieuses du portugais des plantations : comment le gouverneur était mort des fièvres, puis le lieutenant au cours d'une escarmouche sur le rivage et comment le roi avait laissé ses soldats piller le fort.

Ils volèrent les cloches, découpèrent les yeux du portrait du prince régent, débondèrent les barriques de rhum, sodomisèrent un cadet et emmenèrent les hommes à Abomey où, selon ce qu'il avait appris, leurs têtes ornaient le mur du palais.

Persuadés que le tambour connaissait le secret d'un trésor enfoui, les Dahoméens lui placèrent des fourmis sur la poitrine, du poivre sous les paupières et lui brûlèrent la langue avec la pointe d'une machette portée au rouge. Ils s'apprêtaient à en terminer avec lui lorsque quelqu'un explora le magasin aux poudres avec une torche enflammée. On retira sept corps des décombres et on le laissa aller en paix.

Dans les dernières lueurs du jour, il fit faire à son sauveteur le tour du jardin bosselé de monticules de terre rouge où étaient fichées de grossières croix de bois. Puis ils barricadèrent la porte avec des troncs de palmiers.

Francisco Manoel accrocha son hamac et se reposa sous sa moustiquaire en écoutant une symphonie de grenouilles et de moustiques. Et il se félicita d'être là : pour la première fois depuis quarante-sept jours, il se balançait à son propre rythme et non à celui du navire.

***

A sept heures du matin, le messager du Yovogan apporta au Brésilien l'ordre de se présenter immédiatement.

Taparica secoua la tête.

– Le roi lui besoin fusils, lui dit-il. Yovogan lui venir voir vous.

Il se trouvait que le royaume traversait alors un de ces accès périodiques de désordre. Les manières sacrilèges du roi avaient poussé le peuple à bout. Il avait négligé d'« arroser » de sang les tombes de ses ancêtres. C'était un lâche et un ivrogne. La nourriture manquait, l'armée était à court de munitions alors qu'à l'est, l'Alafin d'Oyo menaçait d'envahir le royaume.

Le messager cria des injures et partit. Il ne revint que pour annoncer une visite officielle.

Des panaches de fumées de mousquets précédèrent le Yovogan, octogénaire frêle qui, assis en travers de la selle sur un petit cheval gris et squelettique, entra dans le fort en costume de satin rose, soutenu par ses laquais. Un homme menait l'animal par un licou de fibres. Un autre faisait tournoyer un parapluie bleu. Une cour bruyante suivait.

Il pleuvait. Sur le côté, des serviteurs pataugeant dans les flaques portaient la boîte à cigares du vieillard, son tabouret et la table de jeu avec les carafes. Une fois franchie la porte du fort, il fit signe qu'il désirait descendre et un laquais le souleva de la selle, le déposa sur son tabouret et lui ôta son béret noir.

Le Yovogan salua d'un claquement de doigts, puis proposa un toast à son roi avec du vin de palme, un autre à la reine du Portugal avec du genièvre de Hollande. Il ne but pas lui-même, mais versa le contenu des deux verres dans la bouche grande ouverte d'un domestique.

L'entretien commença dans un mauvais portugais. Le Yovogan blêmit quand il signifia sa désapprobation devant l'absence de cadeaux.

Qu'en était-il de la goélette chargée de soie?

Où étaient la voiture et les chevaux? Et les trompettes? Et le fusil de chasse en argent?

– Il n'y a pas de cadeaux, répéta Francisco Manoel.

– Même pas les lévriers?

– Même pas les lévriers.

Et il n'y aurait pas le moindre présent tant que le roi n'aurait pas relâché les prisonniers, remis le fort en état et repris la vente des esclaves.

Tous restèrent d'abord interdits, puis la colère éclata. Un homme vociféra « Mort aux Blancs! » et une amazone fit tournoyer son poignard autour de son index et l'approcha du visage du Brésilien.

Mais dès que le Yovogan leva la main, la foule s'éloigna en murmurant.

***

Dans l'après-midi du même jour, un brouhaha de cris et de coups de fouets réveilla Francisco Manoel de sa sieste. Jetant un coup d'œil au-delà du bastion nord, il aperçut une multitude d'hommes nus empilant des gerbes de roseaux, des planches, des paniers de coquilles d'huîtres et des seaux d'adobe : le Yovogan avait envoyé une corvée de prisonniers pour réparer les déprédations commises.

Dans les semaines qui suivirent, le lieutenant Da Silva travailla sous une chaleur qui aurait conduit la plupart des Blancs à leur hamac ou à leur tombe. Même sous les plus vibrantes chaleurs de l'après-midi, lorsque le soleil aspirait la couleur de la terre et des familles, il aboyait des ordres et, torse nu, soulevait lui-même les charges les plus lourdes.

Les Noirs étaient stupéfiés de voir un homme blanc travailler.

Ils couvrirent les toits de chaume, blanchirent les murs à la chaux et curèrent la citerne. De nouveau les canons, enduits de galipot et d'huile de palme, reluisirent. De nouveau les navires passant au large virent les « cinq écus » de la maison royale de Bragance flotter sur le mât, annonçant que le fort Saint-Jean-Baptiste avait des esclaves à vendre.

La première fournée était composée de criminels accusés d'avoir volé des noix de palme au roi et condamnés à en manger jusqu'à en éclater; aucun d'eux ne semblait le moins du monde malheureux de quitter le Dahomey.

D'autres vaisseaux négriers arrivèrent, le *Mithridate,* le *Rinoceronte,* le *Fraternidade* et le *Bom Jesus,* chacun transportant des caisses de mousquets, du rhum, du tabac, des soieries et du calicot. L'Alafin d'Oyo n'envahit pas le royaume. Le roi partit en guerre dans les monts Mahi contre quelques planteurs de millet sans défense et, en l'espace de deux ans, Francisco Manoel n'avait pas expédié moins de quarante-cinq cargaisons d'esclaves à Bahia.

Joaquim Coutinho eut l'esprit de lui offrir une place dans le syndicat.

*
* *

Da Silva se mit à pratiquer la traite des Noirs comme s'il n'avait jamais fait autre chose de sa vie. S'étant auparavant toujours considéré comme un vagabond sans feu ni lieu, il avait à présent acquis une mentalité de patriote et de possédant.

Aucun mot de félicitation ne lui parvint de ses supérieurs de Bahia. Il croyait cependant que c'était sa vocation, envoyée du ciel, d'alimenter en muscles noirs les mines et les plantations de son pays et il pensait qu'on le récompenserait.

Il persista dans cette illusion avec une obstination de converti. Souvent durant les nuits sans sommeil, il restait allongé à écouter les plaintes et les bruits de chaînes de la négrerie; il se rappelait alors la douceur des chants dans la chapelle de Tapuitapera et se retournait sur le côté la conscience en paix.

Il vivait dans les appartements du gouverneur ; il restaura la chapelle et fit venir un prêtre portugais pour dire la messe avant le départ de chaque traversée.

En tant que majordome du fort, Taparica était habillé d'une redingote verte, d'un pantalon de marin de toile blanche et d'un bicorne de feutre noir décoré d'une cocarde de plumes de perroquet. Chaque fois qu'ils traversaient la ville, il marchait devant, en agitant une cloche de fer et en criant : « *Ago! Ago!* » pour ouvrir le passage aux porteurs du hamac.

Il dormait sur une natte à l'extérieur de la chambre de son maître. Il lui faisait la cuisine et goûtait ses plats, contrôlait ses tendances à la boisson et vidait son seau hygiénique. Il lui procurait des filles, des aphrodisiaques lorsque le temps était exceptionnellement lourd et lui conseillait de ne pas avoir de liaisons durables.

Francisco Manoel utilisait la même fille pendant une nuit ou deux, puis la renvoyait chez elle avec un cadeau pour sa famille.

Ses bénéfices – et sa réputation d'honnêteté

dans les affaires – exaspéraient les vieux routiers du commerce négrier. Une année, un certain capitaine Pedro Vicente le supplia de lui fournir une cargaison d'esclaves sans avoir d'argent ou de marchandises en échange. Il jura qu'il reviendrait, mais dilapida le produit de la vente à Bahia et ne retourna pas à Ouidah. Quelque temps plus tard, apprenant que le même homme était à Lagos avec un navire incapable de tenir la mer et un équipage en révolte, Da Silva lui envoya son cotre avec le message suivant : « Venez à Ouidah et je réparerai vos avaries. Personne ne me trompe deux fois. »

Il n'était pas moins régulier dans ses transactions avec le roi.

Les deux hommes ne se rencontraient jamais : un tabou interdisait aux monarques dahoméens de poser leur regard sur la mer. Mais si le roi voulait douze chaises dorées, Da Silva les lui faisait parvenir. S'il désirait vingt chapeaux à plumes, il les lui trouvait. Et il obtint même ses lévriers, qui vinrent spécialement d'Angleterre – bien qu'au cours de leur transport vers Abomey le mâle fût mordu par une chienne atteinte de la rage.

Chaque mois ou presque, une invitation à visiter la capitale parvenait à Francisco Manoel. Il lisait intégralement chaque lettre et déclinait l'offre poliment : sur la première missive le scribe portugais avait écrit un avertissement dans la marge : « Moi, Antonio Maciel, suis prisonnier de ce roi cruel depuis seize ans sans avoir revu aucun de mes compatriotes... »

***

Le roi partit en guerre en janvier et les premiers prisonniers enchaînés atteignirent Ouidah vers la fin du mois de mai.

Les captifs étaient engourdis d'effroi et d'épuisement. Ils avaient vu leurs maisons brûlées et leurs chefs massacrés. Des colliers de fer leur écorchaient le cou. Leur dos était zébré de coups de fouet et lorsqu'ils virent les navires de l'homme blanc, ils surent qu'ils allaient être mangés.

La cruauté gratuite offensait le sens de l'économie de Da Silva. Maintes et maintes fois, il se plaignit auprès du Yovogan que les gardiens détérioraient un bien précieux, mais le vieil homme soupirait et répondait : « C'est leur coutume. »

En arrivant au fort, les esclaves étaient parqués dans un long hangar au toit d'herbes sèches entouré d'une palissade de pieux effilés. Chacun était lié par des menottes à une chaîne de fer qui courait tout le long du bâtiment. Le chaume descendait à moins d'un mètre du sol et, les jours de grand soleil, les acheteurs en regardant à l'intérieur ne pouvaient discerner que des yeux dans l'obscurité.

Chaque matin, après l'angélus, on les nourrissait d'un chaudron de gruau de millet et on les conduisait au lagon où ils se lavaient et dansaient pour prendre de l'exercice.

Taparica soignait les malades et apaisait leurs craintes; dans une douzaine de dialectes, il leur racontait des balivernes sur leur futur pays où tout le monde dansait, où les cigares poussaient sur les arbres. Il apprit à son maître à distinguer les diverses tribus d'après leurs cicatrices. Il pouvait donner l'âge de n'importe quel homme en examinant ses gencives et, s'il subsistait un doute, il lui léchait la joue pour évaluer l'élasticité de la barbe.

Le chargement avait lieu dans la fraîcheur du soir, à marée basse; la même scène se répétait année après année : le navire, les vagues, les pirogues noires, les hommes noirs dépouillés de leur bande-culotte et les fers à marquer chauffant sur des feux de bois flotté.

Francisco Manoel préférait procéder au marquage lui-même en prenant soin de tremper le fer rouge dans de l'huile de palme pour l'empêcher de coller à la chair.

On ôtait les chaînes au bord de l'eau pour éviter qu'en cas de retournement de la pirogue, un homme n'entraînât les autres par le fond. Ce n'était qu'exceptionnellement que, dans une ultime tentative d'évasion, un homme se jetait dans les vagues; si, plus tard, sa carcasse dévorée par les requins était rejetée sur le rivage, Taparica l'enterrait dans les dunes en soupirant : « *Ignorantes!* »

***

Cinq années passèrent, cinq ans de chaleur, de brume et de pluie. Les Britanniques ne reconnurent plus à Ouidah le statut de port négrier; et lorsqu'une frégate du West Africa Squadron aborda le brick *Borboleta,* encalminé au large de Ouidah avec cinq cents esclaves à bord, Da Silva observa le combat dans son télescope et dit : « Enfin il se passe quelque chose. »

Souvent les capitaines brésiliens devaient attendre des semaines avant que la côte ne soit libre, mais leur hôte n'épargnait rien pour les distraire. Sa salle à manger était éclairée par des candélabres d'argent; derrière chaque siège se tenait une serveuse, nue jusqu'à la ceinture, une serviette blanche pliée sur le bras. Parfois un homme ivre demandait d'une voix forte : « Qui sont ces femmes? » et Da Silva baissait le regard vers la table et répondait : « Nos futurs assassins ».

La déchéance des hommes blancs sous les tropiques le révoltait. Comme il haïssait leurs rires creux! Et quand leurs profils verruqueux se dissolvaient derrière la fumée de cigare, il prenait le premier prétexte venu pour s'éclipser et rester seul.

Le jeudi il revêtait son uniforme et partait dîner avec le Yovogan dans une cour ouverte décorée de fresques de caméléons ocre.

Le vieillard était si âgé qu'il se souvenait des piles de crânes élevées pour célébrer la conquête de Ouidah par le Dahomey en 1741 – et, pour amuser son invité, lui chantait de sa voix chevrotante un refrain qui disait que la tête du roi mort avait servi de mortier :

Doli dohò mè sè
Boli sà boli sè

Il aimait tant son ami blanc qu'il l'emmena dans la pièce où il dormait et lui fit admirer son tromblon et les neuf chapelets de molaires humaines, souvenirs d'une jeunesse assoiffée de sang. Mais il appréciait tout autant ses cadeaux européens – la théière en porcelaine des Brandebourgeois ou les flacons d'huile et de vinaigre offerts par la Royal Africa Company – car ils lui rappelaient les jours où les navires de toutes les nations se pressaient dans la rade.

Le Yovogan tremblait dès que l'on mentionnait le nom du roi. Mais un jour il sortit de son emballage une gravure encadrée représentant la guillotine sur la place de la Concorde, cadeau d'adieu du citoyen-gouverneur Deniau avant son retour en France.

L'idée de trancher la tête d'un roi en public frappa le vieillard avec la force d'une révélation. Deniau lui avait expliqué que tout tyran perd le droit de vivre et, bien qu'il ne pût jamais comprendre la logique de l'argument, c'était là un précédent terrifiant.

* * *

Et Da Silva rêvait toujours de Bahia. Chaque fois qu'un navire s'éloignait, il regardait les vergues disparaître dans la nuit, puis il allumait une pipe sur la véranda et s'abîmait dans l'évocation d'un avenir de rêve : il aurait un manoir donnant sur la mer, des petits enfants et le ruisselis d'un cours d'eau traversant son jardin. Mais ensuite le mirage s'effaçait. Le bruit des tambours lui serrait les tempes et il avait le pressentiment qu'il ne quitterait jamais l'Afrique.

Il ne confiait ses craintes à personne. Pour se convaincre de leur irréalité, il s'asseyait la nuit, les yeux rouges, et écrivait des lettres à Joaquim Coutinho, déchirant feuillet après feuillet dans son effort pour s'exprimer :

> Ces gens doivent être les plus grands voleurs du monde. Je pourrais vivre sur n'importe quel continent autre que celui-ci. Je pourrais vivre sur des terres couvertes de glace et de neige, n'importe où loin de leur charabia...

Ou bien :

> Je ne peux pas décrire cette existence stupide qui est la mienne. Ni combien solitaire est la vie de celui qui est sans famille et sans amis. L'année prochaine je rentrerai peut-être et je me marierai...

Il implorait des nouvelles, tout élément de nouvelles, pour empêcher ses souvenirs du

Brésil de s'estomper; mais les réponses de Joaquim étaient invariablement froides et commerciales :

> Par notre brick *Legitimo Africano*, j'ai reçu ce jour ton chargement de 230 articles (144 M 86 f), ainsi que 41 500 noix de cola (femelles). Je déplore la perte d'un tiers due à une épidémie de dysenterie. Les femmes résistent beaucoup mieux que les hommes et j'aimerais connaître ton opinion à ce sujet. En attendant, les articles ci-dessus seront vendus au plus haut cours possible et la part te sera retournée en fusils à pierre, tabac et barres de fer...

Mais pourquoi, lui répondit son associé, ne l'avait-on pas nommé gouverneur du fort? Avec quelle impatience il attendait un mot de leur part reconnaissant son existence!

– Ma conduite, je peux vous l'assurer, est irréprochable.

Les officiers ne l'avaient pas oublié. Mais puisqu'il tirait profit, en privé, de ses activités, toute reconnaissance publique était hors de question.

Au niveau officiel, le fort de Ouidah avait cessé d'exister.

***

Progressivement l'Afrique le submergea et prit le dessus. Peut-être par solitude, ou lassé de combattre le climat, il prit peu à peu les habitudes des indigènes.

Il portait des pantalons longs au lieu des culottes qui lui donnaient la gale bédouine à l'aine. Il portait des amulettes contre le mauvais œil. Taparica lui apprit à traîner les pieds devant le phallus de Papa Legba et, ensemble, ils allèrent chez les devins.

La peur de la maladie l'obsédait. Mais puisque son serviteur était un adepte de cette mystérieuse médecine des excréments et puisqu'il lui faisait confiance pour tout, il ne lui restait plus qu'à avaler sa propre urine pour guérir une crise de foie, de l'urine et des ignames contre la malaria; lorsqu'il avait mal à la gorge, il disait une prière à saint Sébastien et aromatisait son café avec de la fiente de poule.

Certains soirs ils se rendaient au temple du Python pour regarder les novices plonger leurs dents dans le cou de chèvres vivantes. Les spectateurs hurlaient de rire lorsque les garçons culbutaient les uns sur le dos des autres et mimaient les mouvements de la sodomie. Lorsque les éclairs dansaient, les adorateurs du dieu-tonnerre faisaient ressortir leurs omoplates, puis tortillaient les fesses et les dressaient vers le ciel.

Il ne sut jamais ce qui l'attirait vers ces mystères. Le sang? Le dieu? L'odeur de la sueur ou les corps luisants? Mais il se sentait impuissant à rompre le charme et, se rendant compte que l'Afrique était sa destinée, il prit une épouse africaine.

***

Son nom était Jijibou.

Elle avait seize ans.

Dehoué, son père, était un chef krouman dont la seule ambition était d'avoir un gendre blanc. Il était déjà venu à quatre reprises au fort présenter chaque fois une de ses filles. Quand il vit sa quatrième proposition repoussée, il menaça de lancer une grève; le Yovogan avertit Francisco Manoel que refuser ce type d'offrande était une insulte.

Un soir de décembre, Dehoué revint, cette fois-ci accompagné de musiciens et d'une forme féminine drapée dans une étoffe blanche. Seul le mugissement des vagues sur la barre rompait le silence qui régnait sur la ville. Des martinets fendaient l'air vert. La jeune fille frôla les spectateurs et arracha son voile.

Elle avait des yeux de hibou, une bouche boudeuse et des ongles rose pâle. Des anneaux d'or brillaient à ses oreilles. Son cou était un cylindre parfait. Ses jambes luisaient comme du métal et son torse, revêtu seulement d'une bande d'étoffe indigo, était ferme, mais mobile comme un gond.

Ses épaules frissonnèrent au premier roulement des tambours. Puis elle tournoya. Elle pirouetta. Elle se pavana. Ses mains brassèrent l'air, ses pieds frappèrent la poussière. La sueur ruisselait de ses seins et un parfum musqué parvenait par bouffées au visage du Brésilien; pas une seule fois elle ne le quitta du regard.

Les joueurs s'arrêtèrent.

Elle se tenait devant lui, sur la pointe des pieds, balançant les hanches et laissant sortir sa langue dans une moue langoureuse. Elle fit un salut des bras. Elle plia les genoux. Puis elle cambra le dos et se pencha en arrière jusqu'à ce que sa tête vînt toucher le sol.

Francisco Manoel jeta un coup d'œil au père et donna un signe d'approbation.

***

Taparica grinça des dents d'horreur en apprenant la nouvelle : « Vous pas connaître ces gens », dit-il tout en continuant à laver le sol, l'air maussade. Mais Da Silva attribua sa réaction à la jalousie et poursuivit les préparatifs des noces.

Ce soir-là, à minuit, il la laissa pantelante derrière les rideaux du lit et jeta le chiffon rougi à la foule des parents de sa femme qui avaient bu beaucoup plus de rhum que ce à quoi il s'était attendu.

Le matin, Taparica pria pour que le sang provînt du visage griffé et saignant de son maître, mais ses espoirs s'effondrèrent en entendant les gros rires bruyants de la mère de la mariée venue inspecter le travail de la nuit.

Quant à Francisco Manoel, il se réjouit du changement. L'angle sud-ouest du fort résonnait à présent des coups sourds des mortiers et de la gaieté ivoirine des femmes mûres. Il aimait les plats pimentés de Jijibou. Il aimait enrouler sa langue autour des syllabes dissonantes du fon. Et quand il lui faisait l'amour, elle frottait ses talons calleux, l'un après l'autre, dans le creux de sa colonne vertébrale.

Elle serrait les lèvres quand il tentait de l'embrasser. Mais ses narines frémissaient de plaisir à la vue de tout nouveau cadeau. Elle prenait des poses avantageuses pour lui faire admirer un nouveau foulard de soie de Chine ; ce que son œil apercevait, ses doigts s'en emparaient aussitôt et le maniaient, comme eût fait un enfant.

Un jeudi, il lui donna un miroir hollandais et elle s'y regarda attentivement, hochant la tête d'un côté et de l'autre, jusqu'au samedi ; ce jour-là, elle le laissa glisser par terre où il vola en éclats.

Son ventre gonfla et elle donna naissance à un garçon rose comme du corail. Ils l'appelèrent Isidoro et les sages-femmes enterrèrent le cordon ombilical sous les racines d'un baobab.

Mais la mise au monde d'un héritier mâle donnait le signal de l'arrivée de la famille maternelle. Pas un jour ne passait sans que quelque nouveau cousin vînt réclamer d'être nourri. Jijibou vola la clé du magasin à liqueurs et la donna à ses frères. Il lui demanda de les réfréner, mais elle lui répondit : « Voler un homme blanc n'est pas voler. » Et lorsqu'il se plaignit au Yovogan le vieillard regarda d'un air rêveur les caméléons de la fresque et dit : « C'est leur coutume. »

Un soir, tard dans la nuit, on entendit des hurlements provenant de l'enceinte du Yovogan. Il était mort dans un accès de délire; le corps avait gonflé et était devenu vert. Taparica savait de quel cactus on tirait le poison, affirmait qu'il n'avait « pas goût » et supplia son maître de s'embarquer sur le brick brésilien ancré dans la rade.

Mais Francisco Manoel était peu disposé à abandonner ses biens.

***

Des jours amers l'attendaient : le roi connaissait de nouvelles difficultés et en attribuait la faute aux étrangers,

Il remplaça le Yovogan par un commandant de la brigade Atchi, un homme tout en bouche et sans cou à proprement parler qui, à leur première rencontre, fit attendre le Brésilien cinq heures sans chapeau sous le soleil. Lorsque Francisco Manoel lui demanda de régler les dettes du roi, l'homme croisa les bras et répondit : « Les Dahoméens ne vendent jamais d'esclaves aux hommes blancs. »

En l'espace d'un mois, il ne resta plus que quelques infirmes clopinant autour de la négrerie. Les gens fermaient leur porte au nez de Da Silva. De jeunes garçons se précipitaient au travers de son chemin en criant : « Route interdite aux Blancs! » Les autorités lui demandèrent un péage pour se rendre sur la plage et un autre, beaucoup plus important, pour en revenir. Un matin il trouva un coq noir décapité sur l'autel de la chapelle.

« La vie ici, écrivit-il à son associé, n'est plus ce qu'elle était il y a un an, quand une vie agréable ne vous coûtait rien et que nous gagnions beaucoup d'argent. On nous soumet aux fouilles les plus humiliantes et les Noirs sont pleins d'envie et de haine envers les Blancs. En outre mon ami, le roi du Dahomey, est devenu voleur. Il achète, mais ne paye pas. Il me doit les fusils de *l'Atalante,* toute la cargaison du *Flor de Bahia* et n'a pas envoyé un prisonnier sur la côte depuis neuf mois. Je ne sais plus quoi faire. Peut-être devrais-je m'installer à Badagry et faire du commerce avec le roi d'Oyo? Mon homme Fernandinho te racontera tout, car il a été l'une des victimes... »

Mais Fernandinho n'embarqua pas avec la lettre. Les douaniers le dépouillèrent de tout ce qu'il avait sur lui avant de l'autoriser à monter à bord. Et dix jours plus tard – le temps qu'il fallut pour déchiffrer la lettre manuscrite – un détachement de soldats arrêta Francisco Manoel et le traîna devant le nouveau Yovogan.

La pluie était tombée toute la journée et, partout en ville, des hommes nus se savonnaient dans les flaques violacées. Dans la cour extérieure, de jeunes hommes triaient des cauris dont ils remplissaient des sacs en toile de ramie. Il entendit un cri rauque. Un poids s'abattit sur ses épaules. La dernière chose dont il se souvint fut un pied heurtant avec force sa trachée artère.

Lorsqu'il reprit connaissance, il était allongé dans la boue, un voile rouge sur les yeux; dans sa chute sa tête avait heurté le bord d'un mortier. Sa main droite avait enflé là où on avait arraché l'anneau de son mariage brésilien. Puis on l'enchaîna et on le jeta dans une case puante.

Ses geôliers le pinçaient, lui tiraient les cheveux et lui donnaient des coups de pied dans les reins. De sa blessure à la tête suintait du pus. La dysenterie le torturait. Les enfants riaient.

Il perdit toute notion du temps et attendit la mort comme on attend un ami. Au lieu de cela, un messager arriva avec l'ordre de le transférer dans la capitale.

***

Les souvenirs de ce voyage se fondirent en un flou coloré.

Pendant sept jours, ballotté dans son hamac, il regarda avec des yeux fiévreux la sueur ruisseler sur le dos de son porteur. Il passa dans un village où des têtes étaient fichées sur des pieux; dans un autre des femmes montraient du doigt un arbre où un homme crucifié demandait de l'eau d'une voix mourante au milieu d'une colonie de roussettes endormies, rangées comme les livres d'une bibliothèque. Il traversa le Grand Marais où, dans des marigots couverts d'herbes, des oiseaux rouges se perchaient sur des branches mortes et des libellules bleues filaient au-dessus des nénuphars. Un porteur fit un faux pas sur la chaussée et la boue pelait sur ses cuisses en épaisses plaques grises.

Il faisait nuit lorsqu'ils entrèrent dans Abomey.

***

Le palais d'Abomey avait de hautes murailles faites de boue et de sang, mais très peu de portes.

Il était situé à une distance de trois mille cinq cent deux perches de bambou de la plage. Dans son enceinte la plus reculée, vivaient le roi, ses eunuques et trois mille femmes armées.

Les gardes l'incarcérèrent dans une maison basse au toit de chaume. Lorsqu'il eut recouvré ses forces, ils l'emmenèrent marcher dans la ville, mais les roulements des tambours, les victimes décapitées et l'odeur infecte de putréfaction lui donnèrent de plus en plus de vertiges et il dut s'aliter de nouveau.

Parfois le roi passait près de là de l'autre côté du mur, mais tout ce que Da Silva en vit fut un parasol blanc orné de mâchoires humaines. Il demanda à son gardien : « Quand verrai-je le roi? » et celui-ci lui répondit en baissant les paupières et en se passant l'index sur la pomme d'Adam.

Puis un matin, au chant du coq, trois eunuques vinrent lui ordonner de s'habiller. Osant à peine regarder à droite ou à gauche, il suivit leurs robes orange bruissantes à travers des cours où s'entassaient des indigènes hurlants; partout une architecture de crânes blancs surpassaient en nombre les vivants.

Ils arrivèrent en présence du roi.

Le roi était étendu paresseusement sur un canapé de velours carmin, entouré d'une multitude de femmes nues qui l'éventaient avec des plumes d'autruche et essuyaient la transpiration de son front.

C'était un homme grand et nerveux avec des yeux rouges et secs, des gestes automatiques et la bonhomie d'un tueur invétéré. Le soleil levant reluisait sur sa poitrine. Ses ongles se recourbaient comme des plumes de coq. Son pagne était violet et ses sandales tressées de fils d'or. A ses pieds gisaient les têtes d'un jeune garçon et d'une jeune fille, envoyés une heure plus tôt pour annoncer aux rois morts que leur descendant venait de se lever. Il regarda fixement le Brésilien et cracha.

Quand il leva son bâton, tous les gens du peuple, allongés sur le sol, frottèrent leur nez dans la poussière en hurlant : « Dada! Respire pour moi! Dada! Vole-moi! Dada! Dada! Brise-moi! Prends-moi! Ma tête est à toi! »

Un griot s'avança en rampant, pointa son doigt vers Da Silva et dit d'une voix caverneuse : « L'oiseau qui quitte son nid ne peut pas emporter les œufs. »

Un nain albinos sauta sur ses pieds, fit un salut grotesque, cria à tue-tête en imitant la façon de parler des hommes blancs et gargouilla comme si on le garrottait.

Le bourreau fit courir ses doigts le long du fil du couteau.

Mais le prisonnier se garda bien de se montrer effrayé et, comme par succion, tira de la bouche du monarque un sourire fêlé, taché de tabac.

A la fin de l'audience, il était l'ami du roi.

***

Non pas qu'on le libérât, mais des nuées de gens se rassemblaient autour de sa maison pour le voir, le toucher, lui réclamer des soins médicaux et lui donner à manger. Des ministres vinrent lui rendre visite. Et des princes. Vint également un homme avec une tumeur grosse comme un melon, et une femme qui lui apportait régulièrement des fruits lui dit : « Je suis ta mère. »

Il rencontra les prisonniers portugais et nota leur nom : « Luis Lisboa... Antonio Pires... Roque Dias de Jordão... » mais lorsqu'il tenta d'obtenir leur libération, le roi lui répondit : « Tu es mon ami. Ne me parle pas de mes ennemis. »

Le roi lui disait qu'il l'aimait « trop » et le gardait à ses côtés lors de toutes les cérémonies importantes. C'est ainsi que Francisco Manoel assista au sacrifice des chevaux et à celui de la plate-forme durant lequel on ligotait les victimes dans des paniers avant de les culbuter vers les bourreaux. Il vit les esprits des rois morts qui se dandinaient avec la lente démarche désarticulée des squelettes. Il vit les reines mères mortes, plus colorées et plus vives, les « oiseaux » du roi qui gazouillaient habillés de blanc, et les fumeuses de pipe qui avaient l'air plutôt malades.

Souvent le roi lui-même dansait, en roulant des épaules et en tissant des figures autour du crâne de ses victimes favorites. Ou bien il s'amusait à apprendre aux petits garçons comment trancher les têtes et, lorsque l'un d'eux saccageait le travail, il criait : « Pas comme ça, idiot! Fais comme si tu coupais du bois! »

Puis il donnait un coup de coude dans les côtes de son ami et s'esclaffait : « Ah! Homme blanc! Je boirai aussi dans ta tête! »

Les courtisans gloussaient à chacune de ses bouffonneries, et Francisco Manoel se demandait où cette farce s'arrêterait.

***

Mais il n'était pas seul; car un jeune homme le suivait partout où il allait.

Son front était haut et large, ses sourcils formaient des arcs chatoyants et ses dents étincelaient. Il portait un anneau de fer au bras. Une tunique rose, fendue sur les côtés, laissait apparaître la musculature puissante de son dos et de sa poitrine et un poignard de chasse pendait à sa ceinture.

Son unique défaut résidait dans un léger strabisme de l'œil droit, qu'il avait voilé et injecté de sang.

Il paraissait lui adresser un message, mais lorsque Francisco Manoel lui souriait en retour, le visage de l'homme sombrait dans une expression de totale stupidité.

Un garde lui apprit que c'était Kankpé le fou, demi-frère du roi.

Un autre garde, plus amical, lui murmura à l'oreille que Kankpé ne faisait que feindre la folie, qu'il était le roi légitime et n'attendait qu'un présage pour susciter une rébellion.

***

En avril, le mois où les arums violets soulevaient leur capuchon dans les champs d'ignames, des rumeurs se répandirent dans la ville.

Les devins qui lisaient le futur dans le jaune d'œuf et la surface de l'eau prédirent une catastrophe ou un changement. A Sado une femme donna naissance à un garçon à demi léopard. La guerre contre les Egbas avait rapporté en tout cinq prisonniers – et le comportement du roi avait fini par dépasser les limites dahoméennes de la tolérance.

Il avait attaché ses deux ministres principaux, le Mingan et le Meu, et leur avait craché du rhum au visage. Il avait castré un soldat aux hanches trop larges. Ses fils avaient profané une tombe royale et il avait ouvert le ventre d'une de ses femmes pour bien montrer que le fœtus était un garçon.

Lors d'un lever du roi, un vieillard traversa la foule et dressa son index vers le trône. Ses joues étaient creuses et sa poitrine barbouillée de pâte blanche. Des haillons blancs pendaient à ses hanches.

– Qui es-tu? lui demanda le roi.

– Ne reconnais-tu donc pas Adjaholanhoun? répondit l'homme. C'est à moi que tu as donné l'ordre d'empoisonner ton père. Maintenant les rois morts m'ont mis en prison pour t'avoir aidé à commettre tes crimes.

Le roi frissonna et ordonna qu'on apporte à manger à l'étranger. Mais le vieil homme jeta la bouillie de maïs par-dessus son épaule gauche en disant : « C'est ainsi que mangent les morts. » Puis il renversa le vin de palme par-dessus son épaule droite : « C'est ainsi que boivent les morts. »

La foule s'écarta sur son passage, il disparut dans la brume et personne ne put retrouver la trace de ses pas.

Pendant un mois entier les hyènes pénétrèrent dans les rues la nuit et le silence régna sur la ville durant la journée. Le roi avait joué avec son prisonnier le temps d'une saison et était à présent fatigué de son jouet. Francisco Manoel regardait la mort comme un visage que l'on découvre dans un miroir; il se laissa emporter sans résistance lorsqu'on le traîna et qu'on le jeta devant le trône.

Le roi dominait de toute sa hauteur et son ombre tombait obliquement sur lui.

– Pourquoi le Portugal a-t-il envoyé trois cent trente-cinq vaisseaux contre Ouidah?

– Ce n'est pas vrai.

– Pourquoi as-tu tué mon lévrier?

Il ouvrit la bouche pour parler, mais les gardes l'en empêchèrent en lui appliquant un bâillon de bois.

– Ainsi tu crois être un homme blanc? ricana le roi qui le fit emprisonner.

* * *

Les gardes lui rasèrent la tête et le plongèrent dans une cuve d'indigo.

Pour être certain que la teinture s'imprégnerait dans chaque pore, on lui maintint la tête sous la surface du liquide en le laissant respirer avec une paille. On le trempa ainsi cinq fois en une seule lune, mais chaque fois qu'on le frottait, la peau réapparaissait grise en dessous et on le replongeait dans la teinture.

Ensuite, puisqu'on n'avait encore jamais décapité d'homme blanc – et puisque le blanc était la couleur de la mort et que tous les Blancs étaient par conséquent à moitié morts – on le laissa mourir sans eau, sans ombre et sans nourriture.

Ses jambes se flétrirent. Son ventre se tendit comme un tambour. Sa peau se couvrit de cloques; de quelque côté qu'il se tournât, il était au supplice. Des mille-pattes phosphorescents rampaient la nuit sur son corps et les vautours qui se pressaient le long du mur pour s'assurer la meilleure place et agitaient leurs ailes dans un bruit de soie déchirée, l'éclaboussaient de leurs déjections ammoniaquées.

Il rêvait qu'il traversait un alignement de pièces sans air et, dans chacune d'elles, il voyait sa tête, grouillante de mouches à viande, posée sur un plat d'argent. Ses doigts soulevaient les paupières; une lumière verte jaillissait alors et les mouches se mettaient à bourdonner jusqu'à ce qu'elles tombent, *ping... ping...*, et explosent en traînées de fumée.

Parfois il voyait le prince Kankpé debout de face comme s'il était peint à fresque sur le mur, souriant et découvrant l'écartement de ses deux dents de devant.

Des souvenirs du Brésil défilaient devant ses yeux : la misérable maison de torchis, la jambe de sa mère morte qui se balançait, les pleurs de son enfant, les pénitents du Monte Santo, les trésors des Coutinho. Et comme il récapitulait toutes les mésaventures qui l'avaient conduit à cette situation, il s'apitoya sur son sort et promit de prendre l'habit religieux si jamais il devait quitter l'Afrique.

Ou bien il riait aux éclats devant l'absurdité de cette mort, là dans ce charnier où les morts étaient plus vivants que les vivants.

Et lorsque la mort vint, elle vint tranquillement, le délivra de ses chaînes et le souleva doucement le long d'une échelle, lui fit franchir le mur de la prison et le reposa sur des coussins.

Kankpé avait volé la litière d'osier utilisée pour transporter les cauris servant au recensement annuel. Personne, pas même les douaniers, n'était autorisé à regarder à l'intérieur. Les porteurs se dirigèrent vers le nord-ouest et avaient franchi la frontière avant que l'alarme fût donnée.

***

Francisco Manoel s'éveilla de son sommeil drogué et laissa son regard errer sur les murs mouchetés de menue paille d'une case de torchis. Un coq chanta. Il entendit des femmes glousser de rire et, de l'autre côté de la vallée, les trilles d'une flûte.

Une ombre passa le seuil de la case et un homme aux cheveux gris entra avec une calebasse de lait écumeux. La mousse resta collée à sa barbe; il l'essuya avec son bras et se rendormit.

Plus tard le même homme lui révéla le nom de son sauveteur; il devait attendre dans le village jusqu'à ce que Kankpé puisse le rejoindre.

Il fit des promenades dans des collines arides et accidentées où paissait du bétail à longues cornes. Loin vers l'ouest, un escarpement froissait l'horizon en facettes violettes et bleues. Le pays lui rappelait le Sertão, mais ici les arbres épineux avaient une écorce orange et les épines, longues et blanches, semblaient briller.

Un matin au réveil, il apprit que Kankpé

chassait dans la brousse à proximité. Il marcha toute la journée avec son guide jusqu'à ce qu'ils rencontrent une gourde d'eau posée près des racines d'un arbre.

Ils l'entendirent avant de le voir, marchant à grandes enjambées à travers les herbes coupantes. Une antilope qu'il venait de tuer élargissait son torse; un pagne de cuir brun ne faisait qu'accentuer sa nudité.

Kankpé écorcha l'animal dans la demi-obscurité, jeta le gras au chien et enterra les entrailles pour que l'âme repose en paix. Puis il mangea la viande, rôtie sur une grille de jeunes arbres verts.

Un léopard aboya dans la brousse. Kankpé rampa jusqu'au bord de la clairière et répondit à l'aboiement et, l'espace d'une seconde, ils aperçurent la gueule tachetée, vacillant dans la lumière du feu.

« Mon père », dit-il avant de s'étendre pour dormir.

Pendant les cinq jours qui suivirent, ils partirent à la chasse ensemble, se découvrant le goût commun de briser les barrières de la couleur et de la coutume.

Kankpé lui montra les erres des différentes antilopes – gazelles, kobs, guibs et bubales. Il traquait les hardes, tantôt courant, tantôt rampant, tantôt se figeant dans une immobilité de termitière lorsqu'un animal relevait la tête pour humer le vent. Il plongeait dans les marécages pour attraper un phacochère ou grimpait aux arbres pour échapper à la charge d'un buffle. Il ne lançait jamais son épieu sans être sûr d'atteindre sa cible. Il méprisait le fusil de chasse, arme des lâches.

***

La cinquième nuit, ils conclurent un pacte de sang.

La lune dans son dernier quartier répandait sa lumière sur une souche de baobab. Au loin, un calao faisait claquer son bec et, tout près, un chacal hurlait.

Les deux hommes étaient agenouillés l'un en face de l'autre, nus comme au premier jour, les cuisses serrées : le pacte n'avait aucune valeur si leurs parties sexuelles touchaient le sol.

La lumière de la lune se reflétait sur les cuisses et les biceps noirs, mais la peau blanche absorbe uniformément la clarté lunaire.

Kankpé fouilla dans son sac de cuir et en retira un crâne creusé. Il le plaça dans l'espace libre entre leurs genoux et y déposa les éléments du sacrement : des cendres, des haricots, de la moelle de baobab, une pierre de foudre, une balle prélevée sur un cadavre et une tête de vipère cornue réduite en poudre.

Il remplit le crâne d'eau à moitié. Puis ils se fendirent mutuellement un doigt et regardèrent le sang noir tomber.

Ils burent chacun leur tour, passant leur langue autour de la balle et de la pierre de foudre.

Kankpé roula les yeux et murmura des imprécations : « *A dâ la... A dâ la...* » : les frères de sang vivent ensemble et ensemble ils doivent mourir.

Francisco Manoel but avec le cœur léger de celui qui vient d'échapper à une mort certaine. Il lui faudra encore trente ans pour se rendre compte de l'étendue de ses obligations.

5

Il gagna la côte à Anecho, port négrier à l'ouest de Ouidah sur le territoire des Popos. L'usine implantée près du lagon appartenait à Mr. George Lawson, mulâtre bossu, fils d'un capitaine anglais du nom de George Law. La maison était toujours pleine de bibelots anglais, mais les navires britanniques ne venaient plus et les pintades avaient installé leurs nids dans le salon.

Il voulait partir, tout oublier, tout recommencer. Il inspectait l'horizon avec le télescope de Mr. Lawson, attendant l'apparition d'une tache qui viendrait briser les deux demi-cercles gris, mais aucun navire ne se montrait. Le soir il jouait aux échecs et les histoires qu'il racontait sur Abomey détournaient l'attention de son adversaire.

Enfin une vieille felouque battant pavillon portugais jeta l'ancre et envoya une embarcation à terre. Partie de Lagos, elle faisait route vers Bahia, mais une tempête avait précipité ses tonneaux d'eau potable par-dessus bord et elle avait besoin de les remplacer. Le capitaine l'accepta comme passager; l'équipage le prit pour un de ces nombreux fous perdus dans les ports africains.

Au cours de sa dernière nuit à terre, assailli par la pensée de Bahia, il ne put s'endormir. Il voyait déjà le port, les églises et les cabarets du bord de mer. Mais au petit jour, il se rappela qu'il y débarquerait sans un sou. Il se souvint de la promesse faite au prince Kankpé de l'aider et, le matin venu, il était fermement décidé à se venger.

La lettre qu'il fit parvenir à Joaquim Coutinho rendait compte de ses souffrances et informait les membres du syndicat de la possibilité qu'ils avaient de débarrasser le Dahomey d'un monstre et de le remplacer par un prétendant de leur choix.

***

Le syndicat répondit en envoyant une cargaison de mousquets, de rhum et de tabac. Des équipes de porteurs rencontrèrent les partisans du prince Kankpé à la frontière. Un coupon de soie écarlate, déchiré en forme de fanion, devint l'emblème de la rebellion.

Francisco Manoel, en attendant, continua à jouer aux échecs; il commençait une partie avec Mr. Lawson lorsque le messager du nouveau roi fit irruption dans le salon, porteur de nouvelles fraîches.

Il n'y avait pas cinq jours que, lors du lever royal, les deux ministres principaux, au lieu de se prosterner et de se jeter de la poussière sur la tête, avaient crié : « Les rois morts t'ont destitué! » et lui avaient ôté les sandales dorées que seul un roi pouvait porter.

Le roi avait tressailli à l'annonce du verdict de ses ancêtres, avait abdiqué et autorisé qu'on l'enferme dans la prison – où il devait rester quelque quarante ans, ordonnant des exécutions imaginaires, abîmé dans un état de torpeur boulimique.

Mr. Lawson cracha la gousse de tamarinier qu'il mâchait et dit :

– Tous les Dahoméens sont des menteurs et le nouveau roi sera un mauvais roi comme l'ancien.

Francisco Manoel frissonna en pensant à Abomey et refusa de partir avec le messager. D'autres messagers arrivèrent, lui offrant des honneurs et le monopole sur le commerce des esclaves. Chaque fois il refusa.

Il ne se laissa pas fléchir jusqu'au soir où une pirogue noire se fraya un passage au milieu des barrages de pêcheurs et accosta au débarcadère de Lawson. Une silhouette toute en jambes mit pied à terre. C'était Taparica.

Le maître et le serviteur coururent le long du sentier et tombèrent dans les bras l'un de l'autre en une étreinte qui les étonna tous les deux. Ils parlèrent toute la nuit et, quoique leur conversation ne fût pas achevée au matin, Taparica l'avait persuadé qu'il n'avait rien à craindre.

Les porteurs avancèrent son hamac, mais au moment d'y prendre place, Francisco Manoel se tourna vers son hôte et lui dit :

– Vous verrez. Un jour, c'est moi qui serai son esclave.

***

Ils franchirent la porte ouest d'Abomey dans un landau découvert, auquel étaient attelés non des chevaux mais des hommes. On tira une salve de vingt et un coups de canon. Des parapluies furent brisés dans la bousculade.

Le nouveau roi les accueillit debout dans une

toge de soie grise barrée de croissants d'argent ; à son cou pendait une seule perle de verre bleu. Il semblait avoir grandi et foulait à présent la terre comme s'il l'honorait de ses pas. Il leur fit signe de s'asseoir, remercia Taparica d'avoir « pêché ce gros poisson » et, sans avertissement, remit solennellement à Francisco Manoel les insignes de chef dahoméen.

Les acclamations de la foule redoublèrent : « *Viva o amigo do Rey.* »

Au crépuscule le roi les conduisit dans une forteresse où, du haut d'une plate-forme, ils virent le monarque déposé qui tournait en rond dans sa cour, titubant comme un homme ivre et crachant sa pituite d'alcoolique dans la poussière.

Le roi dit :

« La hyène hurle
Et l'éléphant passe »

– et depuis ce jour les Dahoméens appelèrent Francisco Manoel Adjinakou, l'éléphant.

***

En l'espace d'un an il devint le vice-roi de Ouidah et fit du Dahomey la machine militaire la plus efficace de toute l'Afrique occidentale.

Tant qu'il resta sur la côte, il vécut avec les manières et le style d'un seigneur brésilien. Du Cap-Vert au fleuve Bonny, des itinérants de toutes couleurs venaient se nourrir à sa table et mettre à l'épreuve les ressources de sa cave. Bien que le titre de « Dom » fût habituellement réservé aux membres de la famille royale portugaise, tout le monde l'appelait « Dom Francisco ».

Il donna à Ouidah l'allure d'une ville civilisée en ordonnant la construction de fossés d'écoulement et le percement de rues à travers le labyrinthe des venelles pestilentielles. Il planta des palmiers à huile et des cocotiers et introduisit l'ananas. Les basses plaines furent transformées en un océan de maïs et de manioc; des rizières firent leur apparition le long du lagon.

Comme il avait interdit l'usage du fouet sur ses plantations, ses ouvriers l'adoraient. En partant vers les champs, ils passaient devant sa fenêtre en psalmodiant sa litanie :

L'éléphant étend son filet
Sur terre et sur mer
Il achète les mères, les pères et les fils
Et la hyène hurle en vain
Les amis se rassemblent autour des odeurs de sa cuisine

Les singes dansent quand ils boivent du vin de palme
Il est la Bonne Eponge qui nous nettoie
Il durcit ses murs au feu
Il nous donne des perles quand nous lui donnons un moustique
En un jour il a vendu tous les esclaves de Ouidah
Son puits ne s'asséchera jamais.

***

Aucun capitaine ne pouvait échapper à la vigilance de ses garde-côtes. Aucun ne pouvait embarquer un esclave sans payer une taxe d'exportation ou débarquer une balle de coton sans acquitter un droit. Ses billets à ordre étaient honorés par les banquiers de New York ou de Marseille. Seul ou avec des associés, il arma toute une flotte de clippers de Baltimore.

Ces bateaux modernes avaient été conçus pour distancer les croiseurs de la marine royale britannique. Ils avaient de hauts mâts inclinés vers l'arrière, une coque noire et lisse et portaient des noms d'oiseaux de mer : *Fregata, Albatroz, Gaivota, Alcatraz* ou *Andorinha-do-Mar*.

Mais ils avançaient en roulant fortement; et, même par une mer maniable, l'équipage devait condamner les panneaux de descente et fermer les caillebotis. Dans la cale la température augmentait alors et la chaleur, la dysenterie et le manque d'air faisaient mourir la cargaison.

Comme tout négrier qui se respecte, il tenait les Britanniques pour responsables de ses pertes.

***

Chaque année, à la saison sèche, il se dépouillait de ses mœurs civilisées et partait en guerre.

Sa première tâche avait consisté à réformer l'armée dahoméenne. Le roi et lui se débarrassèrent des obèses, des poltrons et des ivrognes invétérés. Et puisque les femmes dahoméennes étaient des guerriers beaucoup plus féroces que les hommes – et savaient recharger les fusils deux fois plus vite – ils envoyèrent des officiers recruteurs dans les villages à la recherche des vierges les mieux charpentées.

On les surnomma « les femmes-léopards du roi ».

Elles mangeaient de la viande crue, se rasaient

la tête et limaient leurs dents pour les appointer. Elles apprenaient à viser en appuyant leur fusil contre l'épaule et non contre la hanche et à ne pas tirer dans les feuillages au moindre bruissement. Au cours des exercices, on leur faisait escalader des palissades de figuiers de Barbarie et elles revenaient en hurlant : « Hou! Hou! Nous sommes des hommes! » – et comme on les obligeait à rester célibataires, on leur permettait d'assouvir leurs appétits en mettant à leur disposition une troupe de prostituées.

Dom Francisco tenait particulièrement à partager toutes les épreuves des expéditions.

Il traversait des savanes en feu et des rivières infestées de crocodiles. Avant d'attaquer un village, il attachait des feuilles à son chapeau et s'allongeait immobile jusqu'au chant du coq. Puis, lorsque l'aurore découpait en dents de scie la silhouette des toits, un coup de sifflet retentissait, l'air se remplissait de cris gutturaux et, à la fin de la matinée, les amazones paradaient devant le roi en brandissant des tête coupées comme des haltères.

Dom Francisco accueillait chaque nouvelle atrocité avec un sourire terne. Il ne ressentait aucune trace de pitié pour la mère qui plaidait pour son enfant ou pour le vieillard qui fixait d'un œil incrédule le voile pourpre des cadavres recouvrant les ruines fumantes.

Pendant des années, il poursuivit ce cauchemar volontaire. Mais un jour, avant le sac de Sokologbo, il était caché derrière un rocher quand des enfants s'avancèrent en sautillant sur le sentier, en agitant des épouvantails pour chasser les colombes des champs de millet. Jamais il n'oubliera leur expression de surprise hébétée lorsque les amazones bondirent hors des fourrés et les étranglèrent un par un.

Toute la matinée, pendant que les Dahoméens accomplissaient leur travail, il s'enfouit le visage dans les mains en murmurant : « Non. Pas les enfants! » et ne partit plus jamais en guerre.

***

Mais le roi devint un guerrier plus effrayant qu'aucun de ses ancêtres.

Il détruisit Grito en 1818, Lozogohé en 1820 et Lemón en 1825. Il tua Atobé de Mahi, Adafé de Napou et Achadé de Léfou-Léfou. Aux Atakpaméans il fit manger leurs parents en ragoût. Il jura d'abattre les Egbas dans leur place forte d'Abeokuta et il ordonna à l'Alafin d'Oyo de « manger des œufs de perroquet » – c'est-à-dire de se suicider.

Il n'était pas cruel. La vue du sang le rendait

malade, lui aussi, et il détournait les yeux devant les exécutions. Il aurait aimé arrêter le cycle de guerre et de revanche – mais il ne pouvait jamais résister à la tentation d'acquérir plus de crânes.

Les crânes de ses ennemis lui assuraient qu'il était vivant dans le monde des choses réelles. Il buvait dans des crânes, il crachait dans des crânes. Des crânes formaient les pieds de son trône, les bords de son lit et le sentier qui menait à sa chambre. Il connaissait le nom de chaque crâne de sa « maison des crânes » et entretenait des conversations imaginaires avec chacun d'eux, tour à tour; les ennemis de moindre importance étaient empilés sur des plateaux de cuivre, mais les plus grands, enveloppés de soie, étaient conservés dans des paniers blanchis à la chaux.

Du reste, il n'aurait pas pu épargner beaucoup de victimes même s'il en avait exprimé le désir. Les chefs de guerre l'observaient, prêts à dénoncer le premier signe de faiblesse, et une assemblée de prêtres lui indiquait à tout moment comment répartir les prisonniers entre ceux qui étaient destinés au pays des morts et ceux qui devaient aller aux Amériques.

Dom Francisco inventait des moyens pour les sauver du couteau; le meilleur qu'il eût trouvé consistait à distraire l'attention des nobles par quelque nouveauté importée d'Europe.

Une année, alors que les architectes du palais prévoyaient de bâtir une mosaïque de crânes, il suggéra d'utiliser plutôt des assiettes de porcelaine. Dans un premier temps le roi fut enchanté à la pensée de « casser » des objets aussi précieux et en laissa tomber une pile entière sur le sol. Puis, comme s'il entendait les protestations de ses ancêtres, il fronça les sourcils, son œil mort vida l'œil vivant de son éclat et il déclara d'un ton sec :

– La guerre est faite pour prendre des têtes, pas pour les vendre attachées au corps.

***

Peu à peu les deux amis perdirent l'art de communiquer autrement que par des cadeaux. Mais si les présents de Dom Francisco plaisaient habituellement au roi, ce dernier n'avait rien d'autre à offrir que des femmes – et telle était sa conception de l'amitié qu'il aposta des espions à l'intérieur même du fort de Ouidah pour s'assurer que chacune d'elles était bien utilisée.

La maîtresse du sérail était toujours Jijibou. Elle avait résisté à tous les bouleversements et était devenue une femme mafflue, à la croupe chevaline et à la peau de satin. Elle passait ses journées dans l'ombre de sa case, emmitouflée dans une étoffe orange, et on ne la voyait jamais sourire.

Son père, le krouman, était mort. Il s'était noyé le jour où sa pirogue s'était retournée et, même si Jijibou soupçonnait son mari de l'avoir vendu à un négrier, sa suspicion ne l'empêchait en rien de mener à bien ses tâches de maîtresse de maison.

Elle inspectait les filles pour contrôler leur virginité, calmait leurs craintes et les menait à la chambre. Elle apportait chaque nouveau-né à son père, mais les vagissements lui rappelaient ceux de son enfant brésilien et, lorsque les petits doigts lui attrapaient la barbe, il grinçait des dents, se bouchait les oreilles et s'enfuyait au plus vite.

Pour maintenir les convenances de l'église, il tenait à ce que les enfants reçoivent un baptême chrétien et faisait jouer à Jijibou le rôle de la vraie mère. Il essayait de deviner ses pensées quand elle se tenait près des fonts baptismaux. Mais dès qu'elle le surprenait à regarder dans sa direction, ses yeux se plissaient et les coins de sa bouche s'abaissaient.

***

Vers 1835 la taille de la famille dépassa les possibilités d'accueil du fort. Ainsi commença la construction du manoir que le sort ne lui avait pas permis de bâtir au Brésil.

Simbodji – la « grande maison » dans la langue fon – s'ouvrait face aux vents atlantiques sur un terrain en pente situé entre le Baobab du Roi et l'Arbre des Capitaines.

La bâtisse qui émergeait de sa chrysalide d'échafaudages en troncs de palmier était une réplique de Tapuitapera, mais à un seul niveau, car l'absence de fondations de pierre rendait dangereuse la construction d'un étage. On y retrouverait les murs roses, les bords des toits tournés vers le haut, la salle à manger bleue et les fenêtres à claire-voie peintes en vert.

Les domestiques n'avaient jamais vu de vitres auparavant et, la première fois qu'ils y virent le reflet du soleil couchant, ils crurent qu'elles étaient en flammes et les arrosèrent d'eau.

Dom Francisco fit venir des divans de jacaranda, des accessoires de toilette en opaline, les boîtes à musique suisses et le lit de Goa. Un piano arriva d'Allemagne. Le billard franchit la barre sur un radeau formé de trois pirogues attachées ensemble.

Ses pièces personnelles étaient hautes et fraîches et des rais de lumière filtraient à travers les volets. La véranda donnait sur un jardin planté de fleurs qui, la nuit, embaumaient l'air; un sentier franchissait le mur et conduisait au sérail.

En face de son lit, il avait suspendu un panorama de Bahia qui le rendit nostalgique et qu'il remplaça par une gravure de l'empereur Dom Pedro II enfant. Son bureau était encombré de piles de vieux journaux brésiliens. Il tenta de démêler l'écheveau politique du nouvel empire. Les noms ne signifiaient rien. Il y renonça et ne lisait plus que les annonces.

Un soir, dans un éclair d'inspiration, il écrivit à Joaquim Coutinho en lui demandant si les religieuses de la Soledade pouvaient fabriquer une réplique de l'oratoire représentant la Cène.

Joaquim se trouva enchanté de l'occasion qui lui était offerte de payer aisément les dettes contractées envers son associé. Sans perdre de temps il lui expédia une caisse accompagnée d'une lettre :

> Mon épouse et moi avons le plaisir de

t'envoyer l'original, avec notre bénédiction pour la communauté chrétienne établie à Ouidah...

***

Un portrait de Dom Francisco à cinquante ans aurait montré un homme ayant étonnamment résisté au climat. Une cicatrice s'étalait en éventail sur la tempe droite. Un profond sillon fendait le front en deux. Mais la peau, bien qu'elle fût jaunâtre, ne présentait pas de rides. Les cheveux et la barbe étaient noirs et lisses, et il marchait à grandes enjambées souples comme un jeune homme.

Il s'habillait avec la plus parfaite insouciance. Pendant la journée il portait un costume de planteur en calicot gris, une vieille paire de bottes et un chapeau de paille sans ruban et plein de trous. Il demandait à ses invités de venir à table dans une tenue blanche impeccable pour le seul plaisir de les insulter en faisant son apparition en peignoir de perse sale avec un pantalon traînant sur des babouches.

Non qu'il n'eût pas d'autres vêtements. Dans sa chambre une penderie décorée de paysages chinois regorgeait de costumes qu'il avait commandés aux tailleurs de Londres et de Paris pour les réceptions auxquelles il n'assisterait jamais. Certains soirs, il fermait sa porte à clef, enfilait un habit de soirée et tendait sa main gantée de blanc vers la psyché qui se mouchetait et se grêlait beaucoup plus vite que son visage. Puis, dès que les mites et les poissons d'argent commençaient leur travail, il disait à Taparica de tout brûler et de passer de nouvelles commandes à son agent.

Il ne portait pas de montre. Il lisait l'heure d'après le soleil ou les constellations; et même quand le ciel était couvert, il pouvait regarder dans l'obscurité et dire : « Il reste trois heures avant le lever du jour. »

Mais, dans une boîte en cuir sous son lit, il conservait toute une collection de montres – des oignons d'or et des savonnettes, des montres au cadran incrusté de cristaux, ou peintes avec des scènes de harem turc. Ses favorites étaient des horloges musicales suisses; et quand ses femmes entendaient les petits oiseaux gazouiller sous le matelas elles croyaient que c'étaient les esprits qui chantaient.

Il les remontait avant de se coucher, en prenant soin de les mettre toutes à une heure différente; ainsi s'exprimait son obsession du temps qui passe.

D'autres soirs il sortait toutes ses bagues et les enfilait l'une après l'autre jusqu'à ce que ses doigts soient raides et resplendissent de la lueur sauvage des émeraudes.

Ensuite il contemplait mélancoliquement ses mains dénudées et appelait : « Taparica! Du savon et de l'eau! » Puis il s'allongeait vêtu de sa chemise de nuit, guettant les craquements des planches de la véranda; les mauvais soirs, déflorer les vierges était le seul jeu qui lui apportât un espoir de consolation.

***

Les garçons Da Silva étaient autorisés à jouer nus jusqu'à l'âge de sept ans. Après cela leur père les habillait de blanc, les faisait dormir dans un dortoir et les envoyait à l'école du prêtre pour apprendre à lire.

C'étaient des garçons vifs qui apprenaient aisément. Ils apprenaient leur catéchisme et les vers de Camoens, mais le plus souvent ils revenaient de la classe le regard vide, hébété.

Vingt ans de travail missionnaire en Angola avaient donné au père de Lessa l'allure d'un oiseau de proie et des convictions bibliques sur les Noirs. Il avait coutume de présenter ses cours sur l'Écriture sainte sous forme de questions : « L'Éthiopien peut-il changer de peau? s'écriait-il. Ou le léopard ses taches? » « Le noir n'est-il pas la couleur de la nuit? Du diable? La peau noire n'était-elle pas la marque distinctive de Caïn? »

Dom Francisco devina ce qui n'allait pas et, un matin, il s'assit près de la salle de classe et écouta la harangue du missionnaire. Puis il passa la tête par la fenêtre et répliqua : « Mais les Noirs croient que le diable est blanc. »

***

Il envoya à Bahia son fils aîné, Isidoro, pour terminer ses études en compagnie des jeunes Coutinho. La famille vivait à présent dans un grand manoir blanc au sommet de falaises dominant la baie. Mais le caractère sauvage d'Isidoro – et ses habitudes d'hygiène africaines – terrorisèrent tant les dames de la maisonnée que son tuteur l'expédia au loin dans un séminaire lugubre perdu dans les collines.

Là, dans des salles de classe empestant l'encens, il apprit à analyser les phrases latines vêtu d'une soutane blanche décorée d'une croix rouge. Il en revenait pour les vacances, amorphe et les yeux battus. Ses quintes de toux rappelèrent aux Pères la phtisie et ils finirent par le renvoyer pour de bon.

De retour à Bahia, il recouvra rapidement ses esprits dans les bars et les bordels du Pelourinho.

« J'ai décidé, écrivit Joaquim Coutinho à son associé, de fermer les yeux devant les incartades de ton fils, puisque le seul moyen que j'ai de les contrôler serait de le remettre aux mains des autorités civiles, ce que, en tant que tuteur, je répugne à faire. »

Mais lorsque le jeune mulâtre rentra à la maison en titubant, dégoulinant de sang et les vêtements en lambeaux, on le jeta dehors et on l'envoya habiter chez un marchand d'esclaves de la ville basse.

***

Joaquim Coutinho prit prétexte de la conduite d'Isidoro pour rompre l'association : en 1838 la traite des nègres n'était plus une profession pour un gentleman brésilien.

Voilà dix ans que c'était devenu un délit criminel. Pourtant le commerce des esclaves prospérait sans qu'aucune poursuite ne soit engagée et les planteurs de café du Sud réclamaient des esclaves à cor et à cri, mais le commerce était tombé aux mains de nouveaux riches portugais que leurs méthodes commerciales rendaient particulièrement impopulaires.

Les Brésiliens libéraux détestaient l'esclavage pour des raisons morales et les conservateurs s'en méfiaient pour des raisons pratiques : il y avait beaucoup trop de Noirs au Brésil.

En 1835 une révolte d'esclaves enflamma toute la ville de Bahia. Il s'avéra que les meneurs faisaient partie d'une cabale de musulmans fanatiques qui s'étaient infiltrés au sein des fraternités chrétiennes noires et avaient lancé une guerre sainte. Mais dans la société à la mode le nom de Toussaint Louverture était sur toutes les lèvres et l'on savait à la cour que les ministres de l'empereur favorisaient l'immigration des Allemands plutôt que celle des Africains.

***

Outre ses navires, Joaquim Coutinho possédait des fazendas, une mine de diamants, une banque, des rues entières en ville, et songeait à construire un chemin de fer. Il souhaitait également acquérir un titre de noblesse, vivait dans la crainte de se voir compromis et se montrait particulièrement ombrageux à l'endroit de son surnom, « Vieille Carne ».

Lors d'une visite à Rio, il suborna les chambellans impériaux. Puis il ignora ses anciens associés et vendit sa flotte. Il construisit deux églises de style gothique; il dota un couvent, plaça son nom en tête de toutes les listes de souscription – et finit par obtenir sa récompense.

Un soir à Simbodji, en feuilletant le dernier numéro du *Jornal do Rio de Janeiro*, Dom Francisco apprit que le financier et philanthrope bien connu de Bahia avait été fait baron de Paraíba. Une gravure au burin montrait un homme à la barbe carrée, engoncé dans une redingote, portant des chaînes d'or sur le ventre et l'ordre de Saint-Boniface autour du cou.

« Ce n'est plus le garçon que j'ai connu », se dit-il.

Il se décida à risquer une lettre de félicitations. Cinq mois s'écoulèrent avant l'arrivée de la réponse – une courte note regrettant que des pressions publiques et privées ne lui permettent plus de poursuivre le commerce africain.

***

Le nouveau baron de Paraíba eut l'élégance – à moins qu'il n'eût agi par intérêt personnel – de trouver un agent à Bahia pour son ancien partenaire.

José de Paraízo était un Portugais à qui l'expérience de l'exil avait appris l'art de se rendre indispensable. Son premier geste fut de tirer Isidoro da Silva du ruisseau. Il lui acheta des vêtements neufs et le fit poser pour un portrait. Puis il l'envoya à Marseille comme commis dans une compagnie de navigation.

Il excellait également à trouver des objets nouveaux qui divertissaient le roi du Dahomey. Dans le même chargement que celui du portrait, il expédia plusieurs timbales en poterie mordorée, une arche de Noé et un orgue de Barbarie qui jouait les psaumes. Ensuite il acheta les costumes mis en vente par l'Opéra de Rio pour couvrir ses frais; et, pendant une saison, des dignitaires de la cour d'Abomey se pavanèrent habillés comme les personnages de la *Sémiramis* de Rossini.

Une autre fois, peut-être par plaisanterie, il envoya le tableau de Judith et Holopherne, mais Dom Francisco le retint :

« Ces gens, écrivit-il, ont si peu d'humour. Sa Majesté pourrait ne pas trouver cela drôle. »

Et il n'existait aucun moyen de savoir si le roi était satisfait ou non d'un cadeau; car, à chaque fois, il plissait le front et levait un sourcil comme s'il disait : « Qu'est-ce que tu as bien pu garder pour toi cette fois-ci? »

Toutes les filles servant à Simbodji étaient des espionnes du roi; il était le premier informé de tout ce qui se passait dans la maison. Ainsi lorsque Dom Francisco s'acheta un cygne d'argent qui engloutissait des poissons au son des airs de Bellini, l'objet disparut dans la nuit et ne revint d'Abomey qu'avec le cou tranché, le mécanisme forcé et une note l'avertissant de ne plus jamais rien envoyer de cassé.

***

Le roi n'avait que faire de l'or. L'or était la monnaie de son ennemi, le roi d'Ashanti, tandis que le Dahomey utilisait les cauris qu'on ne pouvait ni contrefaire ni altérer.

Mais les Cubains et les Yankees qui venaient acheter des esclaves à Ouidah préféraient toujours payer en or – lingots, doublons, louis d'or, napoléons, souverains et parfois les pièces du

Grand Moghol. Dom Francisco conservait son trésor dans des barils enfouis dans le sol de sa chambre; il s'alarma vivement lorsque le roi ordonna que l'un d'eux lui soit apporté à Abomey.

Le roi examina les pièces, l'une après l'autre, et les laissa glisser entre ses doigts. Il apprit les noms de Louis-Philippe, de l'Électeur de Brandebourg, du tsar Paul et de la jeune reine Victoria. Puis il roula les yeux, jeta le tout sur le sol, dit en grognant : « Je ne laisserai jamais personne emporter ma tête » et ne parla plus jamais d'or.

***

Durant la saison des pluies de 1842, le père de Lessa sombra dans la folie.

Il arrivait nu dans la salle de classe et se mortifiait avec une cravache de cuir. Ou on le voyait marcher d'un pas majestueux autour du temple du Python, dans une soutane maculée de boue, en hurlant : « Je détruirai cette ville. Je frapperai les abominations. »

Un dimanche, en préparant le Saint-Sacrement pour la messe, il trouva un python lové dans ses vêtements sacerdotaux et lui défonça la tête avec le pommeau de sa croix processionnelle. Les prêtres fétichistes l'extirpèrent de la chapelle et, le temps que Dom Francisco vienne à son secours, il avait déjà complètement perdu la raison.

Il ne cessait de voir un animal appelé le *zoo*.

Le zoo avait une tête de singe, un corps de chien, des griffes de léopard et venait se vautrer lubriquement sur son chemin en gazouillant comme un oiseau.

Dom Francisco décida de le rapatrier à Bahia. Mais le zoo était aussi en mer; car lorsqu'on l'attacha dans la pirogue, il criait encore à pleine gorge : « Le zoo! Le zoo! »

* * *

C'est à peu près à cette époque qu'Isidoro revint de France avec des allures de dandy et en tête des projets d'usine d'huile de palme; vers 1840 la bourgeoisie européenne avait découvert les bienfaits du savon blanc de Provence.

Une société de commerce de Marseille, la Binet et Poncetton, envoya un de ses agents en éclaireur pour s'enquérir de l'état des plantations de palmiers de la Côte des Esclaves; c'est avec l'aide d'Isidoro qu'un jeune homme aux lèvres minces du nom de Blaise Brue réoccupa le vieux fort français de Saint-Louis-de-Grégoy.

Blaise Brue, excellent joueur de boston, devint un habitué de la table de Simbodji. C'est lui qui suggéra de faire de Ouidah un protectorat français.

Quant à Dom Francisco, il sauta sur l'occasion qui s'offrait à lui de gagner honorablement de l'argent grâce au commerce de l'huile. Il mit toute sa force de travail à la disposition du Français et les deux hommes s'associèrent. Ils défrichèrent de vieilles palmeraies et en plantèrent de nouvelles. Depuis des villages éloignés, des femmes portant des calebasses d'huile de palme en équilibre sur la tête convergèrent vers le fort. Dès la première saison, quatre mille barriques furent roulées sur la plage et on revit Dom Francisco sourire.

Il souriait à voir les noix de palme mûres prendre une couleur de braise et il souriait à regarder le liquide jaune et visqueux remplir les citernes. Souvent il se tournait vers ses fils et leur disait :

– Un jour l'huile de palme nous rendra riches, plus riches que ne peut le rêver un avare.

Mais les jeunes mulâtres étaient perdus dans les limbes. Ils détestaient leur père. Ils haïssaient toute forme de travail et, ne disposant d'aucun exutoire pour leur énergie, devenaient amers et mélancoliques, volaient dans les entrepôts ou bien se mettaient à boire et à jouer du couteau.

* * *

L'histoire d'amour entre Dom Francisco et la France atteignit son apogée lorsque le prince de Joinville, le troisième fils de Louis-Philippe, débarqua de la frégate *Belle-Poule* pour inspecter l'établissement français.

Ce soir-là il servit un château-margaux de 1811 et, comme souvenir, offrit à chaque officier un porte-cure-dents en forme de porc-épic.

Le prince fit rire tout le monde en racontant des histoires irrévérencieuses sur les Anglais, ramenées de son voyage à Sainte-Hélène lorsqu'il alla y chercher le corps de Napoléon. Il discuta du problème du refroidissement du champagne sous les tropiques et de l'origine de l'expression « perfide Albion ». Puis il dessina une esquisse au crayon de son hôte – la base de tous les portraits futurs – et partit se coucher dans le lit à colonnes de Goa.

Le lendemain matin, au moment du départ du

prince, les fils Da Silva poussèrent des « *Viva!* » Les filles lui passèrent au cou une guirlande de fleurs de frangipaniers; et Dom Francisco, en lui offrant une boîte de ses meilleurs havanes, lui demanda de glisser un mot en sa faveur à son beau-frère, Dom Pedro du Brésil.

– Je lui raconterai tout, lui répondit le prince.

Ce fut un choc terrible lorsque Blaise Brue reçut un message de sa société de Marseille lui enjoignant de rompre son association avec ce négrier notoire.

« Je suis désolé, mon vieux », et ce fut tout ce qu'il trouva à dire.

***

Par dépit, Dom Francisco se tourna vers les Britanniques en espérant que, s'il les aidait, eux à leur tour accepteraient de lui venir en aide.

Quand un trois-mâts barque de Bristol s'échoua à Jacquin, à six kilomètres sur la côte, il chassa les pillards de la plage et aida l'équipage à récupérer la cargaison. Il alla au secours d'une mission méthodiste en perdition à Lagos et prit soin de Mrs. McCalvert quand son mari se fit sauter la cervelle. Il accueillit même les Anglais qui arrivèrent avec le projet de Lord Palmerston sur l'abolition du commerce des esclaves.

Le premier « Anglais » qui rendit visite au roi fut un « pantalon noir » de Freetown, le révérend Tommy Crowder, qui se vit contraint d'assister aux sacrifices annuels et en revint fou de terreur. Il réussit cependant à présenter en bégayant les salutations de la grande reine blanche.

La réponse du roi, que le pasteur transcrivit dans un anglais approximatif, s'enquérait de la santé de la reine et de celle de « sa sœur et ses fils et sa mère et sa grand-mère ». Elle convenait que vendre des esclaves était « MAUVAIS »; et que les Brésiliens étaient de « MAUVAISES GENS *(bad pipple)* QUI NE VOULAIENT QUE DES ESCLAVES COMME ARGENT »; et que « son reine *(Him Queen)* » devrait envoyer un homme « à grosse tête pour entendre les palabres du roi et écrire le livre des palabres et pareillement le roi du Dahomey envoyer un messager à la reine de temps en temps ».

L'homme « à grosse tête », le capitaine William Munro, arriva six mois plus tard dans l'uniforme du Premier Régiment du corps des Cavaliers de la Garde royale. Il avait des cheveux roux, des yeux bleus et sincères, une touffe de favoris roux sur l'arête du nez, et sa conversation était émaillée de formules toutes faites tirées de la littérature abolitionniste. En cadeau il avait apporté au roi un couple de paons et un rouet des Highlands ayant appartenu à sa mère.

Pendant tout le dîner il essaya de démontrer à Dom Francisco que les sols du Dahomey convenaient parfaitement à la culture du coton.

– Oui. Oui, lui répondit son hôte. Ça arrivera. Tout cela arrivera. Vous amènerez des chemins de fer et vous les rendrez très heureux. Peut-être même vous les empêcherez de s'entre-tuer. Mais cela prendra beaucoup de temps et je suis trop vieux et trop fatigué pour me lancer dans cette entreprise. Tout ce que je peux faire pour vous, mon cher jeune ami, c'est vous offrir l'hospitalité de mon humble maison.

Il était au lit avec une crise de rhumatisme le jour où la mission partit à Abomey; mais il appela le capitaine à son chevet, lui serra la main et murmura : « S'il vous plaît, veuillez bien me recommander auprès du roi. »

Plus tard, on ne sut pas si la faute en revenait à l'interprète, à la naïveté de Munro ou au désir de plaire du roi. Mais le Foreign Office eut l'impression que le roi était « un homme juste et humain », qui souhaitait vivement être débarrassé du « détestable Da Silva » et se lancer dans les arts paisibles de l'agriculture.

De son côté, le roi se réjouissait à la perspective

de recevoir de sa sœur blanche un subside annuel de trois mille livres qui lui permettrait de faire la guerre et de rapporter toutes les têtes qu'il désirait sans avoir à se donner la peine de vendre des prisonniers.

Sa lettre à la reine Victoria promettait de chasser tous les négriers de Ouidah; et puisque le cœur de la reine était une « GROSSE CALEBASSE débordante de vin de palme pour l'homme assoiffé », il ajouta qu'il avait besoin d'une grande tente et d'un carrosse doré – maintenant.

Trois autres missions anglaises arrivèrent, toutes plus exaspérées les unes que les autres, et un vice-consulat fut établi à Ouidah dans le vieux fort britannique.

Le roi promit une chose, puis une autre, mais n'apposa jamais sa croix au bas du traité. Aucune tente ne vint d'Angleterre, ni aucun carrosse doré. A la place le consul Crosby apporta au roi un costume en cotte de mailles, des masques de guignol en gutta-percha, une invention farfelue appelée le « pronostiqueur de tempêtes du Dr Merryweather » et un numéro de l'*Illustrated London News* consacré à l'Exposition de Londres de 1851.

La mesquinerie de ces présents choqua tant le roi qu'il demanda à Dom Francisco ce que représentaient trois mille livres :

– Les dépenses de ta cour pendant une semaine.

Le vice-consul était un homme au visage rébarbatif qui se tenait excessivement droit et dont les joues semblaient remplies de graisse. Dom Francisco lui voua une haine éternelle à partir du jour où il lui dit en désignant Taparica : « Je vois, monsieur, que vous avez un singe savant. »

De Lord Palmerston il avait reçu l'ordre d'insister pour que le Dahomey s'abstienne d'attaquer la ville d'Abeokuta où résidaient des missionnaires anglicans. Le roi, cependant, avait promis à ses ancêtres de réduire Abeokuta en cendres – et ne promit rien aux Anglais.

Lors de sa dernière audience, Crosby commit l'erreur de débiter une tirade sur les méfaits de la guerre, à la suite de quoi le roi lui montra une gravure de la bataille de Waterloo et lui dit : « De quelle guerre parlez-vous, monsieur le consul? De quelle guerre? »

La réponse du consul consista à offrir au roi une houe indigène accompagnée d'un commentaire sur « le travail utile à accomplir ». Le roi s'emporta, jeta un collier d'ailes de chauves-souris au visage de l'envoyé et glapit : « Allez donner ça à la vieille! »

Le consul Crosby rompit les négociations et ferma le consulat.

Le roi partit en guerre.

Deux missionnaires installés à Abeokuta, MM. Bickersteth et Smith, entraînèrent les Egbas au maniement des armes et fournirent des munitions. Le 3 mars 1851, cinq mille Dahoméens furent tués sous la roche sacrée. Ce fut la pire défaite de toute leur histoire.

Le West Africa Squadron bloqua ensuite le port de Ouidah et les ministres du roi reprochèrent à Dom Francisco d'avoir introduit les Anglais dans le pays.

***

Mais de bien pires ennuis l'attendaient avec les « Brésiliens ».

Les premiers « Brésiliens » de Ouidah furent une cargaison d'anciens esclaves qui avaient acheté leur liberté et nolisé un navire de commerce anglais pour les ramener en Afrique. Ils débarquèrent près de Lagos avec l'espoir de remonter dans l'arrière-pays, à Oyo, la terre de leurs ancêtres. Mais les marais putrides ressemblaient peu au paradis décrit par leurs grand-mères. Les villageois les accueillirent à coups de pierres et lâchèrent leurs chiens. Ils s'affolèrent à la pensée d'être vendus de nouveau. Ils avaient la nostalgie du Brésil, mais, avec leurs passeports à sens unique, ils ne pouvaient aller nulle part ailleurs.

Dom Francisco entendit parler de leur calvaire et envoya son cotre pour leur offrir asile.

Ils le rencontrèrent sur la plage, les hommes en chapeau haut de forme, les femmes en robes à crinoline de dentelle blanche et les cheveux défrisés. Il leur donna des parcelles de terre et bientôt des fermes joyeuses parsemèrent la campagne jusqu'à Savi.

Les « Brésiliens » firent de Ouidah un petit Brésil. Ils partaient en pique-nique. Ils donnaient des dîners. Ils plantaient des pots d'amarantes et de belles-de-nuit. Ils décoraient leur intérieur d'images de saint Georges et du dragon et, à l'époque du carnaval, se bombardaient d'oranges paraffinées remplies d'eau parfumée.

Toute la ville changea de couleur. Au lieu des roses et des ocres tristes, les habitations prirent les teintes des jardins brésiliens; et quand les femmes s'accoudaient au portillon d'entrée de leur maison, celui-ci formait comme un prolongement de leur robe.

Les jours de canicule, ils musardaient sur leurs balcons, en s'éventant ou en se grattant le dos avec des gratte-dos d'ivoire. Parfois des prisonniers passaient devant chez eux dans un cliquetis de chaînes, des chiens sur leurs talons – et les « Brésiliens » jetaient des fleurs dans la rue, leur criaient : « *Boa Viagem !* » et regrettaient les grandes maisons de Bahia et de Pernambuco.

Chaque samedi, Dom Francisco recevait à dîner les chefs de la colonie. Tous trouvaient que Simbodji était lugubre, démodée et vulgaire.

***

Les nouveaux venus prenaient grand soin de leur santé et, pour la première fois, Ouidah eut un médecin.

C'était le docteur Marcos Brandão Ferraez, un jeune mulâtre à l'air inquiet, déjà grisonnant à trente ans, que l'on voyait faire sa tournée d'un pas pressé, un sac de voyage vert à la main. Au Brésil il avait enlevé une Sertanista d'une petite ville du Ceará; ensemble ils avaient décidé de s'enfuir en Afrique lorsque les frères de sa femme avaient menacé de le tuer.

Le couple n'avait pas d'enfants et vivait dans deux pièces bien propres au-dessus de la pharmacie; dans celle-ci ils avaient placé un buste en plâtre d'Hippocrate et des rangées de pots en céramique bleue sur lesquels étaient inscrits des noms latins; et ils avaient un ara appelé Zé Piranha.

Dona Luciana entretenait sa cuisine dans un état impeccable. Personne mieux qu'elle ne savait préparer la confiture de goyaves ou farcir un crabe. Elle chantait en écrasant les épices et lorsqu'elle chantait sa lèvre supérieure se relevait d'une façon charmante. Mais toutes ses chansons étaient tristes. Elle les avait apprises dans son enfance, quand elle brûlait de quitter l'arrière-pays – où à présent elle rêvait de retourner.

Au bout de quelque temps elle sembla s'étioler sous la chaleur. Ses cheveux pendaient comme des queues de rat et son visage se couvrit de boutons. Elle était épouvantée à la pensée de sortir, prenait les scorpions pour des serpents et restait assise, prostrée, en tripotant son crucifix jusqu'au retour de son mari.

Un jour vers midi, alors qu'il rentrait chez lui avec Taparica, Dom Francisco s'arrêta net, pris de saisissement. Distinctement et lentement, par la fenêtre de la pharmacie, lui parvenaient les paroles d'une chanson qui ravivèrent des souvenirs enfouis au plus profond de sa mémoire. C'était une chanson que sa mère chantait et qui parlait d'une gitane allant de foire en foire; et lorsque Dona Luciana arriva à la strophe finale, il reprit en chœur les deux derniers vers.

Elle se figea.

Il jeta un coup d'œil à l'intérieur.

Elle regarda sous son chapeau, vit les yeux et, plus tard, jura avoir vu le diable.

***

Par contre on lui offrait toujours volontiers un verre de jus de limette chez Jacinto das Chagas, un mulâtre à demi Yorouba qui avait été employé comme commis aux écritures sur un domaine sucrier et avait une fille très jolie appelée Venossa.

Le sourire calme de Jacinto, son maintien distingué, sa tempérance et ses costumes de coton bien propres impressionnaient favorablement les Dahoméens. Des années de déférence lui avaient appris comment s'insinuer dans la confiance de quelqu'un ou comment jouer sur la culpabilité de ses interlocuteurs. Chaque fois qu'il parlait du commerce des esclaves, il étalait ses longs doigts noueux sur son cœur et soupirait : « Mes frères! Mes pauvres frères noirs! »

A cause de son sérieux et de son goût pour les chiffres, Dom Francisco le prit comme assistant. Il lui confia des secrets commerciaux qu'il n'aurait jamais partagés avec ses fils. Et il le chargea même de missions confidentielles auprès du roi.

Au début le roi entra en fureur à la vue de cet homme noir portant des chaussures, mais lorsque Jacinto lui parla des mariages des « Brésiliens » à la chapelle, lui également voulut une épouse chrétienne; toute la colonie fut révoltée en apprenant que Jacinto avait décidé de sacrifier sa propre fille.

Un matin de bruine, voilée de manière à ce que personne ne la vît pleurer et les ongles enfoncés dans une bourse de satin bleu, Venossa das Chagas prononça un « Oui » dans les sanglots; et elle parcourut le bas-côté au bras de Dom Francisco qui servit de témoin à son frère de sang en jaquette noire.

Une garde d'honneur d'amazones l'escorta jusqu'à Abomey où, quarante-neuf ans plus tard, un officier de l'armée française la trouva, pliée en deux devant un crucifix dans une attitude de prière.

C'est elle qui causa la ruine des Da Silva.

***

Un mois après le mariage, son père se prit de querelle avec son patron, se lia d'amitié avec les Français et s'installa à son compte comme exportateur d'huile de palme. Le roi lui donna des terres et des esclaves. Il construisit une maison blanche à colonnades et la remplit de meubles venus de Paris. Bientôt, sous couvert de son commerce d'huile, il commença à vendre des esclaves à des acheteurs des États-Unis.

En apprenant que son monopole était brisé, Dom Francisco crut devenir fou. Il fit irruption chez les Das Chagas au milieu du déjeuner et ironisa :

– Où sont vos frères noirs maintenant?

– C'étaient des Mahis, répliqua Jacinto, pas des gens de mon peuple.

Message après message, Dom Francisco essaya de chasser son rival, mais Jacinto avait appris au roi la vraie valeur de l'or. Il lui avait en outre donné à entendre que la moitié de la fortune de Da Silva était déjà au Brésil, crime capital dans un pays où le moindre bien appartenait au roi.

Sans avertissement les percepteurs du roi s'abattirent en foule sur Simbodji et saisirent tout l'or et l'argent. Un mois plus tard, une frégate à vapeur du West Africa Squadron arraisonna le dernier clipper de Baltimore; il était évident que Jacinto avait averti les Britanniques.

Les femmes de Simbodji dirent : « Le grand arbre tombe », car soudainement le maître était devenu vieux.

***

Et Taparica était mourant.

Sa tête s'affaissait. Sa peau se racornissait et des poches rouges apparaissaient sous ses yeux. Certains jours il jetait des regards effarés comme un enfant perdu, sans savoir où il se trouvait. Lorsque la fin s'approcha, Dom Francisco ne voulut pas le laisser mourir sur une natte, il l'allongea sur le lit de Goa et tint sa main écailleuse pendant trois nuits étouffantes.

– Vous pas connaître ces gens, disait la voix rauque derrière les rideaux. Vous pas les connaître jamais.

Taparica essaya de lui apprendre les différentes sortes de poison et leurs antidotes. Mais l'oiseau de mer en lui avait pris son vol, vers cette île de la baie de Bahia où jadis il avait léché l'aisselle de la femme qui lui avait enseigné la mystérieuse médecine des excréments.

Dom Francisco l'enterra à l'aube dans une tombe au milieu des parterres de fleurs. Une brume froide et humide enveloppait son chagrin solitaire et il regardait fixement le linceul taché de boue.

De l'autre côté du mur du sérail lui parvenaient les cris des pleureuses, mais les gémissements ressemblaient plus à un chant de triomphe.

*
* *

Inquiet, le docteur Brandão Ferraez apparut un matin avant le petit déjeuner pour annoncer un cas de fièvre jaune dans une maison « brésilienne » où une fille avait reçu un marin cubain.

En l'espace d'une semaine, des plaintes et des prières assourdies résonnèrent dans toutes les rues. La maladie terrassa des centaines de Noirs et de métis mais épargna les Blancs. Les « Brésiliens » suspendirent des linges violets à leur balcon et, s'ils s'éloignaient de chez eux, s'attachaient sous le nez des éponges imbibées de vinaigre. Isidoro et son demi-frère Antonio allumèrent des feux pour arrêter la contagion, mais les étincelles enflammèrent un toit et brûlèrent plusieurs maisons.

Dix Da Silva périrent de la maladie; et le docteur fut la dernière de ses victimes.

Après avoir visité un patient atteint de fièvre jaune, il rentra à la maison les joues concaves, les yeux jaunes et congestionnés. Il dit à sa femme :

« Ne me touche pas! Ne m'approche pas! » et s'allongea sur son lit.

A midi il se tordait sur le sol; ses lèvres déversaient des flots de vomissure noire, noire comme du marc de café. Dans la soirée un orage éclata. Les nuages étaient couleur de boue. Les palmiers se courbaient en sifflant. Pendant une heure il reposa tranquillement. Puis il poussa un hurlement, comme si une flèche lui avait transpercé la gorge, et il mourut.

Dans la foule qui regardait le corps que l'on sortait les pieds devant par la porte de la pharmacie, se tenait une femme hystérique qui avait perdu tous ses enfants. La seconde où elle vit Dona Luciana elle se mit à vociférer : « Sorcière! »

La populace brisa les pots de céramique; le buste d'Hippocrate gisait décapité au milieu de la rue.

Dom Francisco entendit le vacarme et en devina la cause. Une demi-heure plus tard, son domestique et lui transportèrent un paquet de haillons et de sang coagulé qu'ils déposèrent sur le lit de Goa.

Pendant dix jours Dona Luciana hésita entre la vie et la mort, mais elle mangeait gloutonnement tout ce qu'on lui présentait. Quand elle fut en mesure de reconnaître son sauveteur, elle ferma la bouche avec tant de résolution qu'on dut l'alimenter de force.

Chaque fois qu'il entrait dans la chambre, elle se recroquevillait comme un mammifère nocturne placé en plein soleil. Il lui fallut des semaines pour s'habituer à sa présence. Puis, soudainement, en l'espace d'une nuit, l'homme qui avait été le diable fut transfiguré et devint son ange gardien.

Il prenait soin de ne pas la toucher, ni même d'effleurer sa manche ou sa main. Mais ils réunirent leurs deux misères pour n'en faire qu'une, la présence de l'un soulageant l'autre, et bientôt ils ne purent supporter d'être séparés.

Il la laissa vivre à Simbodji. Elle dormait dans le lit, tandis que lui dormait dans la chambre voisine sur un des canapés de jacaranda. Il fit murer la porte du sérail et ils restèrent dans la maison sans voir personne.

Ils vivaient comme un mari et une femme qui se sont juré de rester chastes. Elle installa un autel et disposa des vases de fleurs blanches de chaque côté de l'oratoire figurant la Cène. Elle y faisait brûler un cierge en permanence et elle se promit de sauver l'âme de Francisco Manoel.

Sous les rayons de soleil qui venaient frapper ses vêtements de deuil et son chignon blond filasse, elle lisait dans le Nouveau Testament les passages où le Christ pardonnait aux pécheurs. Autour de son cou à la peau très blanche, sur un ruban de velours, pendait un médaillon renfermant les mèches de son mari.

Dom Francisco écoutait, pendant que Zé Piranha, perché sur son épaule, fourrait sa mandibule dans son oreille ; lorsque l'ara perdait ses plumes, il lui grattait le sommet du crâne et disait doucement : « Pauvre animal ! Il veut retourner chez lui. »

Pendant la saison des pluies, ses attaques de rhumatisme empiraient et il restait des semaines durant sans pouvoir se déplacer. Elle lui appliquait des compresses chaudes sur la colonne vertébrale ; elle connaissait un grand nombre de remèdes, mais avait perdu ses médicaments dans l'incendie de la pharmacie.

Les femmes de Simbodji détestaient leur rivale. Un jour, sous une averse, Jijibou tambourina sans arrêt sur la porte, en exigeant qu'on la laissât entrer. Elle fit un tel tapage que Dom Francisco dut envoyer chercher Isidoro qui calma sa mère et, pour la première fois, s'attira la gratitude de son père.

De tous ses enfants, il n'était attaché qu'à deux sœurs jumelles, Umbelina et Leocadia, qu'il avait eues d'une mulâtresse morte depuis. Elles promettaient de devenir plus tard des femmes splendides. « Qu'elles viennent vivre avec nous, proposa Dona Luciana. Des jumelles nous porteront bonheur », et elle leur donna tout l'amour d'une mère.

Elle leur cousait des robes blanches à fanfreluches et leur nouait des rubans de satin dans les cheveux. Elle leur apprit à broder leurs initiales sur des mouchoirs. Ensemble elles firent une image de la Vierge Marie en utilisant les rémiges de la mue de Zé Piranha pour la robe et les plumes de la poitrine pour le halo. Souvent ils partaient en pique-nique au pavillon chinois de Zomai. Tous les quatre chantaient les chansons des *bandeirantes*. Et il fallait entendre les cris des petites quand leur père leur racontait l'histoire du gnome-qui-avait-des-mains-comme-des-cheveux!

C'est au cours d'un de ces pique-niques que Dona Luciana lui demanda s'il avait jamais songé à retourner au Brésil.

– Si Dieu le veut, dit-il. Je donnerais tout pour mourir dans mon pays.

A partir de ce jour elle ne pensa plus à autre chose. Elle imaginait des plans pour échapper aux sentinelles du roi qui à présent montaient la garde jour et nuit autour d'eux. Mais lui, l'homme d'action, semblait incapable de prendre la moindre décision. Il se pressait les poings contre les tempes en répétant : « Mais comment? Comment? Comment? »

Mais elle savait qu'il devait y avoir un moyen.

Il possédait toujours des biens au Brésil – une usine de cigares à Magarogipe, une fazenda, une scierie et quelques maisons en ville – que son agent avait achetés comme investissements lorsque le prix des esclaves était au plus haut. Non sans quelques pressentiments, il écrivit à José de Paraízo et lui demanda de lui acheter une maison à Bahia pour sa retraite, en le priant de garder le secret.

Six mois plus tard, accompagné d'un titre de propriété pour le N° 1 Beco do Corto, Barra, arriva un tableau, maladroitement peint et empestant encore l'essence de térébenthine, qui représentait une villa rose dans un jardin descendant sur la mer.

Dona Luciana battit des mains lorsqu'ils déballèrent le paquet et demanda ce qu'étaient ces tortillons dans le ciel.

– Des oiseaux, répondit-il.

La première moitié de la lettre de Paraízo donnait la liste du mobilier et le nom des domestiques esclaves; il avait conservé les mauvaises nouvelles pour la fin.

A la suite d'une négligence du baron de

Paraíba, la citoyenneté brésilienne de Dom Francisco s'était périmée. Le gouverneur de Bahia avait rejeté sa demande de passeport. Le commerce des esclaves était à présent un délit criminel et on l'arrêterait dès sa descente à terre.

Et cependant, continuait Paraízo, peut-être n'y avait-il pas lieu de s'alarmer ; un don à une œuvre de charité pourrait sans doute résoudre le problème. Une autre année s'écoula. Mais quand le *Jornal da Bahia* annonça l'ouverture de l'hôpital des marins, Dom Francisco lut le texte du discours du baron – et n'y trouva pas la mention de son nom dans la liste des donateurs.

Lettre après lettre, Dona Luciana fit appel au gouverneur, au baron et même à l'empereur lui-même ; si tout échouait ils se rendraient à Rome et exposeraient leur cas au souverain pontife.

Dans son imagination, elle voyait la grande église dorée, les chœurs, les anges et le rayon de soleil tombant obliquement sur l'autel. L'odeur de l'encens lui chatouillait déjà les narines. Puis, debout devant son trône, un homme, vêtu de blanc étincelant, étendait la main dans un geste de bénédiction et disait : « Lève-toi, Francisco ! Renais dans le corps de Notre Sauveur ! »

***

Ils continuèrent à attendre des nouvelles et il n'en venait aucune.

Umbelina et Leocadia étaient trop effrayées pour sortir. Leurs demi-frères se moquaient d'elles, les acculaient contre le mur et prétendaient que le roi les désirait. Leur père craignait pour leur sécurité. Avec fermeté il ordonna à Dona Luciana de les emmener dans leur maison, à Bahia, où elle pourrait faire pression pour obtenir son pardon et où il pourrait, un jour, les rejoindre.

Les Da Silva ne se tenaient plus de joie en la voyant s'éloigner; son départ donna lieu à une scène de réjouissance. Mais lorsqu'elle vit le navire virer dans la houle autour de son ancre et les larmes dans les yeux de Dom Francisco, elle enroula ses bras autour de son cou et dit : « Non. Je ne peux pas partir. »

Le soleil couchant avait coloré les vagues d'un vert doré et laiteux. Les pirogues que les hommes transportaient vers la mer en descendant le talus de la plage ressemblaient à de gros mille-pattes noirs. Avec douceur, Dom Francisco dénoua les bras des jeunes filles en pleurs et les conduisit jusqu'au bord de l'eau. Il donna au capitaine une note pour le baron de Paraíba les recommandant à son attention.

L'écume des vagues emportée par le vent éclaboussait la robe de taffetas noir de Dona Luciana. Ils se tenaient bras dessus bras dessous, sur le sable, et regardaient les bras bruns qui leur faisaient des signes du haut de la crête des vagues avant de retomber dans le creux suivant.

Cette nuit-là elle accepta l'amour d'un vieil homme.

***

Deux mois plus tard elle fut prise de malaises et de tiraillements lancinants dans le ventre. Ce n'est que lorsqu'elle commença de grossir qu'elle admit ce que son instinct lui disait : elle s'était toujours crue stérile.

La grossesse fut difficile – et dangereuse pour une femme de plus de quarante ans. Mais après une lutte douloureuse, le 21 janvier 1854, elle donna naissance à une fille. C'était un bébé maladif : ils la firent baptiser dans la chambre au cas où elle ne parviendrait pas à vivre.

Mais Eugenia da Silva s'accrocha à la vie et

prit goulûment le sein de sa nourrice, bien qu'au même moment sa mère, en proie à des cauchemars éveillés, se vît tomber dans un gouffre boueux.

En fin de compte le pardon vint – une feuille de papier signée par l'empereur lui-même, reconnaissant les « nombreuses années de zèle et de brillants services du lieutenant Da Silva au fort São João Baptista da Ajuda ». Dans le premier élan de leur émotion, ils ne se rendirent pas compte de ce que signifiait le contenu de la lettre de Paraízo avec son catalogue de dettes au Banco Coutinho, la faillite de l'usine de cigares, la maladie qui avait tué son bétail, le glissement de terrain et la décision de la chambre de commerce de Bahia de le déclarer en faillite.

– Ils m'ont volé, dit-il en laissant tomber la feuille de papier.

***

Pour la dernière fois il écrivit au baron de Paraíba :

> S'il te plaît, mon cher ami, sois patient avec moi. Je te donnerais volontiers tout ce

que je possède à Bahia. Mais que diraient alors les gens? Tout le monde se retournerait contre moi si l'on savait que je n'avais rien. On dirait que je ne peux plus compter sur toi, l'ami en qui j'ai le plus confiance, mon protecteur pendant toutes ces années. Je te demande, je t'implore, de ne pas vendre mes meubles ni mes esclaves, mais de mettre la maison en location de manière à ce que ma vie ne soit pas critiquée. Et je te prie de prendre soin de mes filles...

Le baron ne répondit pas à cette lettre. Sa banque saisit la maison hypothéquée. Les huissiers emportèrent le mobilier; le bâtiment et les esclaves furent vendus, sans publicité préalable, aux enchères publiques. Il n'y eut qu'un seul enchérisseur, le Senhor Ricardo Paraízo, le frère de l'agent, qui y ouvrit un pensionnat pour jeunes filles de bonne famille.

Mais Umbelina et Leocadia ne suivirent pas les cours de cette école ni d'aucune autre école. Elles n'habitèrent pas chez les Coutinho, pas même comme domestiques. Au lieu de tout cela, on les envoya chez une personnalité de la ville, la célèbre Mãe Andresinha, qui leur apprit un métier sur les pavés du Pelourinho.

– Des putains? rugit leur père devant le

capitaine qui lui rapporta ces nouvelles. Des putains? Mes filles chéries? Des putains?

Il posa ses poings sur la table en regardant ses articulations blanchir et éclata en sanglots.

***

La nuit du 15 février 1855, déguisés en danseurs masqués du carnaval, Dona Luciana et lui tentèrent de se glisser furtivement avec leur bébé à bord d'un bateau brésilien. Le temps était couvert, mais la lune fit son apparition au moment où ils traversaient le lagon et les sentinelles les ramenèrent, prisonniers, à Simbodji.

Dom Francisco fut dépouillé de ses biens et de ses privilèges bien qu'on l'autorisât à continuer de vivre dans ses appartements vidés de tout sauf du lit. Il était le frère de sang du roi : c'était un crime de toucher à un cheveu de sa tête, mais même ses propres fils parlaient de lui au passé.

Les jours de grande chaleur, il s'allongeait à l'ombre d'un manguier et laissait la petite Eugenia lui grimper sur le ventre et lui tirer la barbe. Ses yeux étaient fatigués. Ses mains pesaient lourd sous leur réseau de veines grises.

Il effeuillait des pétales de rose ou enfouissait son visage dans une fleur d'hibiscus. Si son vieux jardinier passait par-là, il ouvrait la bouche pour lui donner un ordre, mais aucun mot ne sortait. Ou il écoutait le mugissement du ressac et se cognait la tête contre le mur. La nuit il voyait des rangées d'yeux injectés de sang qui l'observaient dans l'obscurité.

Certaines nuits il restait allongé sous l'arbre jusqu'à l'aube et, le matin, les escargots avaient laissé leur sillage argenté le long de ses jambes. Sur des lambeaux de papier, il gribouillait des prophéties incohérentes qu'Isidoro faisait ramasser à ses domestiques au cas où elles contiendraient des renseignements sur la fortune brésilienne :

> En 1860 les épines porteront des fruits mais il y aura peu de têtes sur les corps. – En 1880 les esclaves vendront leurs maîtres et achèteront des ailes. – En 1890 l'empereur enverra un bateau pour chercher son ami, mais la mer deviendra rouge et le ciel se transformera en boue. Et il y aura une pluie d'étoiles et le bateau sombrera. – En 1900 la Sainte Maison de Rome s'écroulera et les corps encombreront les rues de Bahia et de Jérusalem.

Et Dona Luciana, malade, ne pouvait rien faire pour l'aider.

***

Elle avait un goût amer dans la bouche et des maux de tête si terribles que les sutures de son crâne lui semblaient prêtes à éclater. Elle disait : « Ce n'est rien. Ce doit être les nuages. Si seulement les nuages pouvaient partir. » Elle essayait de sourire, mais l'effort de ce sourire forcé rendait la douleur plus insupportable encore.

Puis la peau de ses bras et de ses jambes s'écailla et lui laissa des taches humides couvertes de moisissures rougeâtres. Ensuite ses orteils s'engourdirent, puis ses doigts, et les taches de sa peau noircirent.

C'est avec peine qu'elle pouvait respirer. Prise de vertiges, les pupilles dilatées, elle demandait d'une voix entrecoupée à la nourrice d'Eugenia : « Lave mes bras! Regarde! Regarde! Les taches sont en train de manger mes bras! » Ou, dans des accès d'euphorie, elle se cramponnait aux colonnes du lit, découvrait ses gencives et chantait des alléluias à pleine voix.

Un matin il vit des filets de mucus vert sombre

qui lui sortaient de la bouche. Vaguement, il se souvint des derniers mots de Taparica et murmura : « Le poison! »

Elle soupira : « Je suis si fatiguée » et sombra dans le coma.

***

Il s'accrocha au corps, mais les fossoyeurs l'en arrachèrent; il battit des bras et croassa comme un oiseau blessé.

Il ne vit jamais le sourire de triomphe qui illuminait le visage rayonnant de Jijibou. Il s'était enfui dans les cannaies et fut porté disparu pendant plusieurs jours. Les expéditions de secours ne réussirent pas à le trouver. Puis un paysan de retour de son champ d'ignames, aperçut quelque chose de bleu dans le sous-bois. En écartant les branches, il distingua un homme à la chevelure mate, à quatre pattes, un gros oiseau perché sur son épaule.

Zé Piranha mordit Isidoro à la main lorsqu'on vint chercher son maître. Mais on ceintura le vieillard et on l'enchaîna à un arbre près du pavillon chinois de Zomai. Ce n'est que plus tard, quand la rage le quitta, qu'on le laissa aller à sa guise dans la ville.

Il errait dans Simbodji en clopinant et en criant : « Mes filles! Qu'est-ce qu'ils ont fait de mes filles chéries? » Mais les femmes cachaient la petite Eugenia pour qu'elle ne vît pas son père.

Une femme donna une poupée de bois à la petite qui, à la tombée du soir, la couchait, l'enveloppait dans un foulard, caressait le toupet de fourrure blanche collé à son menton et murmurait : « Dors, Papa! Dors! »

Vêtu de haillons, il rôdait autour du fétiche Legba. Et quand personne ne le regardait, il chapardait les cauris donnés en offrande et s'achetait une bouchée de nourriture. Il ne mangeait jamais les restes des repas de Jijibou par peur d'être empoisonné.

Il parlait aux vagues sur la plage. Il se jeta même dans les vagues, mais elles le rejetèrent; et on le retrouva, piqué jusqu'au sang par les simulies et couvert de crabes qui lui couraient sur le corps.

Un jour, mort de soif, il vit le roi venir à lui avec ce sourire qui laissait apparaître l'espace séparant ses deux dents de devant. Le roi avait rajeuni et portait son costume de chasse rose. Il posa une main fraîche sur le front de son vieil ami et déboucha sa gourde.

En tendant les deux mains pour la recevoir,

Dom Francisco se réveilla et vit le cochon noir qui lui reniflait les orteils.

Le 8 mars 1857 était un jour chauffé à blanc; le vent soulevait des trombes de poussière dans la rue. Habillés de leur plus belle redingote noire, Isidoro et ses frères donnaient un déjeuner pour remercier Jacinto das Chagas grâce à qui leurs différends avec le roi avaient pu être aplanis.

En traînant sa jambe gauche, Dom Francisco traversa le quartier du Brésil, poursuivi par une meute d'enfants qui chantaient : « *Bom Dia, Yovo! Yovo, Bom Dia!* » et faisaient le signe du couteau.

Des croûtes couronnaient ses genoux.

Il passa sous l'éléphant de plâtre de la porte d'entrée. En boitant, il pénétra dans le salon de jeu; là, sur une table, toujours à la même place, étaient posées quelques-unes de ses boîtes à musique suisses. Il les remonta toutes, l'une après l'autre, jusqu'à ce que la pièce retentisse de bruits discordants et confus.

La porte de la salle à manger s'ouvrit et ses fils apparurent devant lui. Il scruta attentivement les visages regroupés sur le seuil de la porte. Quelques-uns avaient une serviette passée dans le cou. Jacinto s'excusa et s'éclipsa.

Le vieil homme pleurait. Les larmes roulaient au creux de ses joues ridées avant d'être absorbées par la boue qui avait durci dans sa barbe. Il ouvrit la bouche pour parler, mais sa lèvre inférieure retomba et la musique tournoyait et tournoyait dans son crâne tandis qu'il sortait de la pièce en chancelant, vers le soleil et la poussière et les faucons et le noir et le néant.

6

Voici ce que se rappelait Mama Wéwé sur son lit de mort :

Elle se rappelait les haillons, les jambes couvertes de croûtes et le martinet dont l'ombre décrivait des spirales sur le sol. Les femmes pleuraient et il y avait une odeur de brûlé. On mettait le feu aux champs et aux plantations de canne à sucre. On posa les chaises sur la table, de manière à ce que l'âme du veillard n'ait pas la place de s'asseoir – car si elle s'asseyait, elle y resterait pour toujours.

Elle ne sut jamais si elle se rappelait – ou si on lui avait raconté plus tard – le grand chagrin du roi : les frères de sang partent ensemble quand ils s'en vont à la Grande Maison. Peut-être savait-il qu'il mourrait dans l'année?

Ou les amazones qui hurlaient : « Non. Non. Non. Ce n'est pas le léopard qui l'a tué. Ce n'est pas le buffle qui l'a tué. C'est la nuit. La nuit qui l'a tué! »

Mais elle revoyait parfaitement le cortège funèbre, ceux qui portaient des chèvres et des poulets; le fossoyeur qui envoyait des pelletées de terre par la fenêtre de sa chambre; et la barrique de rhum – c'était une idée d'Antonio de l'enterrer dans une barrique de rhum; et la tête blanche rasée avec des tampons de kapok fourrés dans les narines.

Une fois encore, ils l'entouraient tous, les hommes obséquieux et les visages figés, fanatiques des femmes : ce ne serait pas des funérailles chrétiennes.

De nouveau des mains la soulevèrent pour qu'elle puisse jeter un dernier coup d'œil – à la tête qui se balançait d'un côté et de l'autre dans le tonneau et au garçon et à la fille qui pleurnichaient debout à côté. On la reposa à terre quand le sacrificateur arriva avec un couteau.

Puis elle courait, de plus en plus vite, le long d'un tunnel rouge sans lumière à l'extrémité. Une porte s'ouvrit. Un courant d'air frais lui fouetta le visage. Un mulâtre en costume blanc sortit en la frôlant, la face tournée vers le mur.

Elle pénétra alors dans une grande pièce bleue garnie de miroirs et de piliers d'or. Un repas s'y achevait. Au bout de la table un homme se leva. Il avait des cheveux roux et des yeux du même bleu que les perles que vendaient les femmes du marché. Il tendit ses deux mains et dit : « Voilà longtemps que j'attends. »

***

Le lieutenant-colonel Zossoungbo Patrice entendit les cris aigus depuis son bureau de la Sûreté nationale. Son treillis était trempé de sueur. Il s'arrêta de dresser sa liste de traîtres éventuels. Le président approchait de la fin de son émission radiophonique :

« Victoire au Peuple!
Gloire au Peuple!
Pouvoir au Peuple!
Prêts pour la Révolution!
Prêts pour la Production!
Et la lutte continue! »

Sur le mur on avait accroché une paire de menottes et une guitare cassée. On y avait aussi cloué une civette empaillée dont, dans une parodie de crucifixion, les pattes de derrière et la queue étaient réunies et les pattes de devant écartées.

Au-dessus du bureau était suspendu le visage scarifié du président.

Le colonel se leva et fit un geste qui, si quelqu'un l'avait vu, l'aurait conduit tout droit en prison.

Puis il arpenta la pièce de long en large, en saluant une foule imaginaire, tout en faisant craquer les lattes du plancher et en écrasant un cafard sous le talon de son brodequin.

Cet ouvrage a été réalisé sur
Système Cameron
par la SOCIÉTÉ NOUVELLE FIRMIN-DIDOT
Mesnil-sur-l'Estrée
pour le compte des Éditions Grasset
le 25 janvier 1988

Imprimé en France
Dépôt légal : janvier 1988
N° d'édition : 7536 – N° d'impression : 8624
I.S.B.N. 2-246-24462-5
(ISBN : 0-224-01820-5, Londres, Jonathan Cape Ltd.)